Blutsbrüder

Ernst Haffner
Blutsbrüder

AuraBooks

– Bibliografische Information der Deutschen Nationalbibliothek –
Die Deutsche Nationalbibliothek verzeichnet diese Publikation in
der Deutschen Nationalbibliografie; detaillierte bibliografische Daten
sind im Internet über http://dnb.d-nb.de abrufbar.

IMPRESSUM

ISBN: 978-3754332610
ERNST HAFFNER: BLUTSBRÜDER
ORIGINALTITEL: JUGEND AUF DER LANDSTRAßE BERLIN
Originalausgabe 11/2021 (Print/eBook) by © AuraBooks®
Print-Originalausgabe: Verlag Bruno Cassirer, Berlin, 1932
Neu überarbeitet und in aktualisierter Rechtschreibung
Lektorat: R. Steinheimer | Endlektorat und
Umschlaggestaltung: textkompetenz.net
Covermotiv: Staatsbibliothek Unter den Linden, Berlin 1929
Herausgeber: © AuraBooks | eclassica@aurabooks.de
Gesetzt aus der Garamond
Herstellung und Verlag: BoD – Books on Demand, Norderstedt
Dieses Buch gibt es auch als eBook,
z. B. im amazon Kindle Bookstore

Inhalt

Vorbemerkung des Herausgebers

BERLIN, ANFANG DER 30ER JAHRE, kurz vor der Machtübernahme durch die Nazis: Auf den Straßen und Hinterhöfen der Stadt sammeln sich Cliquen obdachloser Teenager und junger Männer, die auf dem nackten Pflaster der Großstadt gestrandet sind. Sie kommen aus zerrütteten Familienverhältnissen, sind durch den Ersten Weltkrieg Weisen geworden, aus den berüchtigten, Zuchthaus-ähnlichen ›Fürsorgeanstalten‹ geflohen, oder haben alkoholkranke Mütter, prügelnde Väter. Die schwere Wirtschaftskrise hat das Land im Griff, die Arbeitslosigkeit ist gewaltig, bis in die Mittelschicht hinein herrschen Hunger und Not. Es ist der blanke Überlebenskampf, dem die meist noch Minderjährigen ausgesetzt sind. Sie halten sich mit Gelegenheitsjobs, Betrügereien, Kleinkriminalität, manchmal auch mit Prostitution über Wasser. Das einzige, was die Jungs zusammenschweißt und am Leben hält, ist ihre Gruppe, ihre Gang.

›Blutsbrüder‹ ist der Name der Jugendbande, die im Zentrum dieses Romans steht, in dem sowohl Schicksale einzelner Bandenmitglieder geschildert werden, als auch ein spannendes Gesamtbild mit mitreißenden, oft verstörenden und schockierenden Szenen gezeichnet wird. Es ist die andere, unbekannte Seite der Medaille der in Literatur und Film oft als mondän und dekadent gezeichneten ›Goldenen Zwanziger‹. Ernst Haffner deckt diese andere Seite auf, prägnanter als es jemals ein anderer deutscher Schriftsteller tat.

Der Hintergrund ist alles andere als Fiktion: 15.000 obdachlose Jugendliche sollen in Berlin Ende der 1920er Jahre in Cliquen zusammengelebt haben. Der bis vor kurzem vergessene Autor dieses Buches, der soweit man weiß nur dieses eine Werk hinterließ, kannte die Szene aus eigener Anschauung, denn neben seiner literarischen Tätigkeit scheint er auch als eine Art Streetworker die Jugendbanden begleitet zu haben. Ernst Haffner schreibt in einem schnörkellosen, reportagehaften und realistischen Stil, zu verorten zwischen Jack London und Egon Erwin Kisch. Und dieser Roman ist kein bloßer Versuch, sondern ein Meisterwerk, das sich ohne weiteres neben die großen Klassiker einreiht.

ÜBER ERNST HAFFNER weiß man kaum etwas. Das Geburtsjahr ist nicht bekannt, ebenso wenig das Jahr seines Todes. Was man weiß, ist, dass er zwischen 1925 und 1933 in Berlin lebte und nach der Machtergreifung der Nazis Ende der 30er Jahre zusammen mit seinem Lektor zur Reichsschrifttumskammer zitiert wird. Nach 1938 verliert sich seine Spur, und es ist zu vermuten, dass er von den Nazis ermordet wurde oder in einem KZ ums Leben kam. Haffners Buch wurde in den Bücherverbrennungen wie viele andere Titel zu Asche, denn im Nationalsozialismus waren Themen wie Obdachlosigkeit, Arbeitslosigkeit oder gar die Prostitution junger Männer nicht erwünscht. Deutsche Jungs als verwahrloste Kriminelle und Stricher – das passte nicht ins heroische Männerbild.

›Blutsbrüder‹ ist eine der großen Wiederentdeckungen des letzten Jahrzehnts, die hauptsächlich dem Berliner Verleger Peter Graf zu verdanken ist. Ein Buch wie ein Sturm, mitreißend, schockierend, nackt und realistisch. Ein Klassiker der dramatischsten Zeit deutscher Geschichte, den man gelesen haben muss. Ein Rezensent: »*Blutsbrüder* ist eines dieser wenigen Bücher, die man inhaliert, ... und nach deren Lektüre man das Gefühl hat, etwas wirklich *Wichtiges* gelesen zu haben.«

© *Redaktion AuraBooks, 2021*

BLUTSBRÜDER
Kapitel 1

WINZIGE GLIEDER einer sich durch den langen Industriehof und zwei Etagen windenden müden Menschenschlange stehen die acht Jungen der Clique *Blutsbrüder* und warten gleich den hundert anderen darauf, endlich aus der furchtbaren Nasskälte in die warmen Wartesäle gelassen zu werden. Drei, vier Minuten wird es noch dauern. Dann, acht Uhr pünktlichst, wird in der zweiten Etage die schwere Eisentür geöffnet. Das Bezirkswohlfahrtsamt Berlin-Mitte in der Chausseestraße hat den ersten Ruck zur Ingangsetzung seines bürokratisch komplizierten Betriebes getan. Der Ruck pflanzt sich vielfach gewunden in der Menschenschlange fort. Die Glieder rücken auf, scharren mit den Füssen, halten in den Händen die unzähligen notwendigen Papiere. Zuvorkommend hat man amtlicherseits einen gedruckten Leitfaden herausgegeben, der in endloser Kolonne die nötigen Papiere aufzählt und an welchen vierundzwanzig Stadtzipfeln man solche ausgestellt bekommt.

Die Schlange hat bereits den riesigen Kassenwarteraum erreicht. Aus der Schlange bilden sich flugs zwei Schlänglein, militärisch exakt organisiert. Das eine Schlänglein wartet geduldig, bis das heisere Amtsfaktotum Paule ihm die Stempelkarten zur Vorbereitung der Auszahlungen abnimmt. Schlänglein Nummer zwei windet sich vor den Auskunftsschalter, um hier nach Beantwortung der Woher- und Wohinfragen eine Pappnummer zu erhalten. Dann stieben die einzelnen Glieder in zwei andere Säle vor die Türen der Herren Expedienten, um hier lammsgeduldig den Aufruf der Nummer zu erwarten. Die Lammsgeduld muss gut und gern fünf, sechs Stunden vorhalten. Die acht Cliquenjungen schließen sich weder dem einen noch dem anderen Schlänglein an, sondern flitzen schleunigst in die *Ewige Hilfe*. Vielleicht ist noch eine Bank zu ergattern.

Wartesaal der ›Ewige Hilfe‹. In den dazugehörigen Büros werden die Anträge auf Gewährung der Erwerbslosenhilfe gestellt. Die amtliche Abkürzung ›E. H.‹ hat eine bissige Schnoddrigkeit in ›Ewige Hilfe‹ umgedeutet. Bereits jetzt, eine halbe Stunde nach Öffnung, ist der große Saal überfüllt. Die wenigen Bänke sind bis auf das letzte Plätzchen besetzt. Die keinen Sitzplatz mehr fanden, stehen im Gang herum oder lehnen sich an die beiden Längswände, die von abertausenden anlehnenden Menschenrücken scheußliche, fettigschwarze Flecken bekommen haben.

Ein unsäglich trostloses Licht des grauen Tages mischt sich mit dem Schein der schwachen elektrischen Birne und schafft so ein Zwitterlicht, in dem die Gesichter der Wartenden noch elender, noch verhungerter erscheinen. Hinter den beiden Querwänden sind die hellen sauberen Büroräume. Obwohl man in den Wänden auch Türen nicht vergessen hat, hat man noch extra je ein viereckiges Loch – Größe Beamtenkopf der unteren Gehaltsstufen – in die Wände gestemmt. Unmittelbar neben den Türen. Um jede unnötige Berührung mit dem wartenden Plebs zu vermeiden, rufen die Beamten die Nummern nicht durch die Türen. Nein: die Klappe wird aufgerissen, fein gerahmt erscheint ein Mannskopf und brüllt die Nummer aus. Dann fliegt die Klappe schleunigst wieder zu. Die aufgerufene Nummer – erst im Büro stellt sich heraus, dass sie *Meyer, Gustav* oder *Abrameit, Frieda* heißt – trottet durch die Tür neben der Klappe ins Büro. Bei jedem Aufruf der Nummer fliegen die Köpfe der Wartenden hoch. Zuweilen kommt es vor, dass sich an den beiden Wänden zugleich die Klappen öffnen. Dann fliegen – ruck – alle Köpfe hoch, – zuck – alle Köpfe nach hinten.

Die acht Jungen haben noch eine ganze Bank ergattern können, kümmern sich um keinen Aufruf und schlafen, dösen vor sich hin. Sie waren die ganze, endlose Winternacht auf der Straße. Wie schon so häufig: obdachlos. Immer getippelt, immer in Bewegung. Ausruhen war nicht bei dem Wetter. Tagealter Schneematsch, ab und zu ein dünner Strippenregen, alles fein gemixt durch einen Wind, der die Münder der Jungen vor durchdringender Kälte wie Entenschnäbel schnattern ließ. Acht Jungens, sechzehn bis neunzehn Jahre alt. Einige sind aus der Fürsorgeanstalt geflüchtet. Zwei haben noch Eltern irgendwo in Deutschland. Der eine oder andere noch Vater oder Mutter. Ihre Geburt, ihre früheste Jugend fiel in die Zeit des Krieges und Nachkrieges. Schon als sie ihre ersten o-beinigen Gehversuche machten, waren sie sich selbst überlassen. Vater war im Krieg oder stand bereits auf der Verlustliste. Und Mutter drehte Granaten oder hustete ihre Lungen in den Pulver- und Sprengstoff-Fabriken zentigrammweise aus. Die kohlrübenbauchigen Kinder – nicht einmal mehr kartoffelbäuchig waren sie – luchsten in Höfen und auf den Straßen nach Essbarem. Wuchsen sie heran, gingen sie rudelweise auf Raub aus. Raub, um die Bäuche zu füllen. Bösartige, kleine Raubtiere.

Der *Dortmunder Ludwig* ist beim Ruf einer Nummer wach geworden. Jetzt sitzt er da, Beine von sich gestreckt, Fäuste in den Taschen, im Mundwinkel eine leere Zigarettenspitze. Das schmale verhungerte Jungensgesicht mit den flinken braunen Augen guckt interessiert auf den Saaleingang. Die Kameraden schlafen, vornübergebeugt, zusammengesunken oder sich kraftlos an den Nachbarn lehnend. Jonny, ihr Anführer, ihr *Bulle*, hat sie zu neun Uhr hierher bestellt. Er wollte, wie so häufig, Geld auftreiben. Wie er das macht, verrät er nicht. Gestern Abend gegen zehn Uhr verabschiedete er sich von den Kameraden. – Ludwig sieht Jonny in den Saal kommen und winkt aufgeregt. »Hier, Jonny, hier!« Jonny ist ein junger Mensch von einundzwanzig Jahren. Das starke Kinn, die hervorspringenden Backenknochen wirken etwas brutal, zeugen wenigstens von Willenskraft. Seine Rede ist klug und wohlgesetzt, fast dialektfrei und beweist, dass er jeden der Clique geistig überragt. Überlegene Körperkraft ist selbstverständlich, sonst wäre er nicht Bulle. »Morgen, Ludwig!« Er reicht ihm eine große Schachtel Zigaretten. Sehnsüchtig, gierig bedient Ludwig sich und kaut wollüstig den entbehrten Rauch. Die Kameraden schlafen noch immer. Ludwig nimmt einen tiefen Zug und pafft die Jungens an. Sie schlucken, husten, wachen auf. Kein anderes Mittel hätte sie schneller wecken können. Zigaretten? Jonny, hallo! Schnell bedient sich jeder. Und jetzt weiß man auch, dass Jonny Geld hat, dass sie endlich mal wieder zu essen bekommen. Also los. Wie immer, gehen sie getrennt, in drei Gruppen. Neun Jungens zusammen erregt unliebsames Aufsehen. Sie biegen von der Chaussee- in die Invalidenstraße ein. Hier wird das Frühstück eingekauft. Fünfundvierzig Schrippen in drei mächtigen Tüten und zwei ganze Zwiebelleberwürste. Das wird reichen für neun Mann.

Rosenthaler Platz, Mulackstraße, dann in die Rückerstraße. Hinein in die Stammkneipe aller Cliquen rund um den Alexanderplatz, in die *Rückerklause*. Im Schaufenster werden schon fleißig Kartoffelpuffer gebacken. Die fettigen Rauchschwaden ziehen in entfernteste Winkel des düsteren, unheimlichen und unsauberen Lokals. Trotz der frühen Stunde ist die Klause voller Gäste. Sie ist mehr als bloße Kneipe. Sie ist eine Art Zu Hause für den, der es nicht hat. Lärmende Lautsprechermusik, lärmende Gäste. Die Unappetitlichkeit des Büfetts, der biernassen Tische, der schmutzschwarzen bekritzelten Wände stört niemanden. Rechts vom Eingang in einer Ecke nimmt die Clique Platz. Der Kellner bringt schauderhafte, aber wenigstens heiße Bouillon. Dann wird die Vertilgung der Schrippen und der Würste in Angriff genommen. Gesprochen wird nicht viel dabei. Nur dunkle, fast tierische Laute, Gegrunze, mit dem der Magen seine Befriedigung äußert. Wie verwandelt sind die Jungen. Wie sie die Zähne in die Wurstenden hauen, wie die Kiefer arbeiten. Wie sie einander ansehen und sich mit Blicken sagen: »Junge, Junge, ist das gut, so zu essen und zu sehen, dass noch mehr da ist ...« Und die anderen Blicke, die dankbaren, die stolzen, die Jonny gelten, der mal wieder für alle angeschafft hat.

Hinten in einer der Nischen sitzt ein blutjunger Cliquenbursche auf dem Schoß eines benebelten Freiers. Zwei Kameraden des Burschen spazieren vor der Nische auf und ab und rufen ihrem Kumpan ein aufmunterndes »Zieh, Schimmel, zieh!« zu. Zieh deinem Freier die Brieftasche und steck sie uns zu ...

Zwischen zwei Cliquenbullen am Stehtisch vor dem Büfett lehnt ein Mädchen, ein Kind von fünfzehn, sechzehn Jahren. Kess hat es sich das Jackett eines Burschen, dem zu heiß geworden war, übergezogen, die Ballonmütze aufgestülpt und trinkt mit den beiden lederjackenen Bullen einen Schnaps nach dem anderen. Das krankhaft blasse Gesicht mit dem blauen Schläfengeäder verzieht sich zu einem Ausdruck des Ekels, dann aber greift die kleine, schmutzige Hand wieder nach dem Schnapsglas, um einer Lederjacke Bescheid zu tun. Der Mund des Mädchens öffnet sich: fast zahnlos, nur vereinzelte schwarze Reste. Und das Mädchen ist bestimmt noch keine sechzehn Jahre alt ...

Hinter der Theke steht aufmerksam der Wirt. In einem guten blauen Anzug und blütenweißem Kragen, dem einzigen im ganzen Lokal. Ununterbrochen dröhnt Musik. Ununterbrochen kommt und geht es in dem Lokal. Alles junge, jüngste Menschen. Viele kommen mit Rucksäcken, irgendwelchen Paketen. Dann geht es in den Vorraum zu der grauenhaft verschmutzten Toilette. Kurzes Gespräch, Auswickeln, Einpacken. Geld wechselt seinen Besitzer. An der Theke wird ein Schnaps getrunken. Weg. Polizeiliche Razzien sind nichts Seltenes.

Das Mädchen ist jetzt sinnlos betrunken, torkelt von Tisch zu Tisch und bietet sich an. Friedel gibt mal wieder an, sagt man und ist nicht weiter von der traurigen Szene eines betrunkenen Kindes, das seine mageren Reize zeigt, berührt. Rückerklause, eine Art ›Zu Hause‹ für den, der es nicht hat. Der ewige Hunger der Jungen hat Schrippen und Würste und auch noch je zwei Kartoffelpuffer restlos vom Tisch gefegt. Wohlig lehnen sie sich zurück, ziehen an der Zigarette, trinken einen Schluck Bier und summen die Lautsprechermelodie mit: »... *Auf die Dauer, lieber Schatz, ist mein Herz kein Ankerplatz* ...« Gesättigt sind sie, im Lokal ist es warm. Müdigkeit kommt auf. Die Köpfe sinken auf die Tischplatte. Nur Jonny sitzt wach und raucht und raucht. Er bezahlt die Gesamtzeche. Dann zählt er sein Geld. Noch runde acht Mark. Wo werden sie heute Nacht schlafen? Die billigste Massenherberge nimmt für die Benutzung einer elenden Wanzenmatratze fünfzig Pfennig. Macht vier Mark fünfzig Pfennig, dann reicht es kaum noch für den morgigen Tag. Jonny grübelt nach einer billigeren Schlafgelegenheit. Die Jungens sollen nur weiterschlafen. Der Kellner soll ihnen sagen, dass Jonny sie abends acht Uhr bei Schmidt erwartet. – –

Kapitel 2

WAS DIE RÜCKERKLAUSE für den Tag, ist Schmidt in der Linienstraße für die Nacht. Gewiss, Betrieb, schmetternde Blechmusik gibt es hier auch am Tag. Aber abends wird die Fülle in dem kleinen Lokal zu einer wirren Drängelei. Dann steht nicht eine Minute der Bierhahn still, dann ist jeder Stuhl doppelt besetzt. Und wer noch keinen Platz hat, setzt sich aufs Musikpodium oder bleibt mit dem Glas in der Hand stehen, wo er steht. Die ewigen Papiergirlanden, unbedingt notwendiges Stimmungsrequisit, sind stets von dichten Tabaknebeln umwölkt, trotzdem ein Ventilator verzweifelt bemüht ist, etwas Ordnung in die Luftverhältnisse zu bringen. Die Geräuschkapelle spielt aufopfernd und pausenlos. Bierlagen, freimütig gespendet, belohnen sie. Belohnen sie so lange, bis die Trunkenheit der Musiker sich auch bei der Tonwiedergabe erschreckend bemerkbar macht. Dann erst ist es richtig bei Schmidt. Dann ist das ganze Lokal ein brüllender, stampfender Chorus.

Jonny muss seine acht Kameraden aus allen Ecken und Winkeln zusammensuchen, um ihnen zu sagen, dass er eine billige Schlafgelegenheit gefunden hat. Zwei Mark für die ganze Clique. In einem Lagerschuppen in der Brunnenstraße. Für zwei Mark lässt der Wächter sie um zehn Uhr in den Schuppen. Aber um sechs Uhr morgens müssen sie wieder auf die Straße. Stroh und große Kisten, in die man sich hineinlegen kann, sind genügend vorhanden. Um halb zehn Uhr macht die Clique sich auf den Weg.

Als es zehn Uhr schlägt, sind sie alle in der Nähe ihrer Schlafstelle. Drei stehen vor dem Tor. Die anderen warten nebenan im Hausflur, um, sowie der Wächter das Tor öffnet, hineinzuflitzen. Noch ehe sie den Wächter hören, schnauft und knurrt es wütend hinter dem Tor. Der Wachhund. Dann wird aufgeschlossen, nacheinander schleichen alle in den dunkeln Torweg. Der Wächter schließt wieder ab. Die Dogge jault vor Wut und Enttäuschung. Sie begreift ihren Herrn nicht. Sonst muss sie jedem in die Beine fahren, und hier, bei diesem Haufen höchst verdächtiger Individuen, wird ihr das Stachelhalsband kurz gehalten. Der Wächter schlurft voran mit dem böse funkelnden Hund. In respektvoller Entfernung tappen die Blutsbrüder hinterdrein. Die Tür des niedrigen Holzschuppens wird aufgeriegelt, und Jonny muss seine zwei Mark abladen. Dann tastet der Alte jeden der Jungen einzeln ab. Er sucht nach Streichhölzern und Feuerzeugen. Falls die Bengels auf die Idee kommen sollten, drinnen zu rauchen ... Inmitten des Strohes und trocknen Holzes. Könnte ein nettes Feuerwerk geben. Die Dogge versucht nochmals einen Ausfall auf die Jungens. Aber das Stachelhalsband belehrt, dass nur Nichtzahlungsfähige zu zerfleischen sind. Eben sind die Jungens in dem fensterlosen dunklen Schuppen, da schließt der Alte auch schon wieder die Tür von draußen zu. Die freigelassene Dogge schnüffelt erbost an dem Spalt zwischen Erde und Tür. Dann packt sie sich vor die Tür. Die sollen es nur wagen herauszukommen ...

Ratlos tasten die Jungens in der Finsternis umher. Ihre Finger hacken in die Nägel der Kistenbretter, und wenn jemand glaubt, einen Platz gefunden zu haben, stürzen plötzlich aufeinandergestapelte Kisten über seinem Haupt zusammen. Als endlich jeder einen Platz in einer Kiste oder auf einer Strohschütte gefunden hat, schlägt es elf Uhr. In wenigen Minuten schläft alles. Nur die Mäuse lamentieren ob der Invasion.

Würde man sie sehen können, die zusammengekrümmten Körper der Jungen in den Kisten und auf dem Stroh, in ihren Betten, gäbe es wohl nur eine Stimme des Mitleides. Der sechzehnjährige Walter mit dem eigenartig spitzen Brustkasten, der das Hemd unheimlich wölbt, die vorstehenden Basedow-Augen ... Und der gleichaltrige, hochaufgeschossene Erwin, dessen stakige Arme auch nicht den leisesten Muskelansatz zeigen. Oder der stille, ewig träumende Heinz: sein Jackett benutzt er als Kopfunterlage, das Hemd ist ein zerfetztes, schmutziges Lumpenstück. Ludwig, der achtzehnjährige Dortmunder, vor einem Jahr aus der Erziehungsanstalt geflüchtet, hat sich so tief in das Stroh gebuddelt, dass nichts von ihm zu sehen ist und die Mäuse ungehindert über ihn hinweghuschen. Alle sehen sie erbärmlich aus. Nur Jonny bewahrt auch im Schlaf den Ausdruck der Willensstärke, der Furchtlosigkeit.

Kurz nach sechs Uhr morgens stehen sie wieder auf der dunklen Brunnenstraße. Die Kälte, die sie die ganze Nacht nicht verlassen hat, empfinden sie jetzt fast als körperlichen Schmerz. Den schmächtigen Walter schüttelt es so, dass er als haltlos zitterndes Bündel in die Mitte genommen werden muss, um ihm durch einen Dauerlauf ein wenig Wärme zu verschaffen. In Gruppen getrennt gehen sie Richtung Alexanderplatz. Ins *Mexico*. Frühbetrieb ab sechs Uhr morgens. Eine heiße Brühe, und ist sie auch noch so dürftig, kann unendliche Wohltat sein. Die Hände um die Tassen gekrampft, sitzen die Blutsbrüder in einer Ecke und schlürfen Wärme, Wärme ...

Lautsprechermusik in einer Tonstärke, die für jede Philharmonie gereicht hätte, von sechs Uhr morgens bis zum anderen Morgen drei Uhr. Zuhälter, Straßenmädchen, Cliquenburschen und Ringvereinler[1], Gelegenheitskriminelle und Obdachlose, unterweltlüsterne Bürger und fahndende Kriminalbeamte. Das ist das *Mexico*. Vor einigen Jahren noch eine kleine Kneipe, die mangels Beteiligung einging. Jetzt stolz als ›Europas bekannteste Gaststätte‹ inseriert. Der neue Besitzer holte sich aus Moritzens Bilderbuch einige Indianerbilder und tünchte sie recht bunt und naiv auf die nackten vier Wände. Baute künstliche Palmen auf, machte die Schaufenster knallbunt und undurchsichtig und nannte sein Werk eine ›mexikanische Blockhütte‹.

Still sitzen die Blutsbrüder an ihrem Tisch. Ein neuer Tag liegt vor ihnen. Planlos stehen sie ihm gegenüber. Ein Mann betritt das Lokal, ein Fremder, kein Stammgast. Sieht sich suchend um und geht auf den Tisch der Blutsbrüder zu. Fred, der Achtzehnjährige, Jonnys Intimus, springt auf, stößt einen Kameraden beiseite und rennt, stürzt auf die Straße. Der Fremde hinterdrein. Aufregung im ganzen Lokal. Wer war der Fremde? Polizei? Aber keiner der Gäste hat ihn je gesehen. Und hier kennt man

---

[1] *Ringvereinler:* Die Ringvereine waren halbkriminelle Vereinigungen nach Vorbild der Mafia zu Beginn des 20. Jahrhunderts. Die erste dieser Gruppen entstand 1890 in Berlin zur solidarischen Unterstützung Strafgefangener. Erkennungszeichen war meist ein Siegelring.

alle Beamte des Polizeipräsidiums. Die Clique ist ratlos. Hält es auch nicht für ratsam, noch länger im Lokal zu bleiben. Jonny teilt den Rest des Geldes in gleiche Teile, bildet aus der Clique vier Paare, die die Aufgabe haben, Fred in allen Stammkneipen, bei bekannten Cliquenburschen, in allen Schlupfwinkeln zu suchen. Selbst wenn der Fremde Fred nicht geschnappt hat, wird Fred es nicht wagen, wieder ins ›Mexico‹ zu kommen. Er muss also erfahren, wo die Clique geblieben ist. Treffpunkt für alle ist abends acht Uhr das Homosexuellenlokal *Alte Post* in der Lothringer Straße. Die vier Paare gehen nach verschiedenen Richtungen auseinander. – –

Kapitel 3

IN DER ERZIEHUNGSANSTALT ist seit Tagen dicke Luft. Eine kleine Gruppe Fürsorgezöglinge, voran der zwanzigjährige Willi Kludas, hatte eine Art passiver Resistenz beschlossen. Nachts im Schlafsaal wurde sie besprochen und Verräter oder Streikbrecher mit grausamster Feme bedroht: Prügel, Prügel und nochmals Prügel sollten die Abtrünnigen bekommen. Der Direktor und die Erzieher standen den Auswirkungen der passiven Resistenz, ja selbst Sabotageakten, machtlos gegenüber. Das halbe Außenarbeitskommando meldete sich krank, litt plötzlich an den unerfindlichsten Krankheiten. Und die andere Hälfte richtete bei der Scheinarbeit mehr Schaden als Nutzen an. Die Aufsichten tobten, drohten mit Meldungen und Backpfeifen, aber den strikten Beweis der Böswilligkeit vermochten sie nicht zu erbringen. Die Zöglinge grienten sich vorgebeugten Oberkörpers an und *arbeiteten* weiter. Die Sache begann ihnen Spaß zu machen.

Im Gebäudekomplex der Anstalt selbst zerbrachen auf rätselhafte Weise Fensterscheiben zu Dutzenden. Türschlösser verweigerten die Funktion. Herbeigeholte Handwerker mussten Sand und kleine Steine aus dem Mechanismus entfernen. In den Aborten verstopften die Klosetts, elektrische Birnen und Sicherungen brannten *en gros* durch. Unbeaufsichtigt liegende Schriftstücke und ganze Aktenbündel verschwanden, oder blaue Tinte hatte sich auf dem Papier allzu breit gemacht. Die Jungens kamen aus dem schadenfrohen Grinsen nicht mehr heraus. Das war mal was anderes, 'ne feine Sache, die der Willi ausgeknobelt hatte. Mit blassen, wutverbissenen Gesichtern gingen die Erzieher herum. Zum Direktor zu gehen, trauten sie sich schon lange nicht mehr. Wehe dem Jungen, der *in flagranti* ertappt worden wäre. Aber das Aufpasser-, das Schmieresteher-System klappte, wie alles obrigkeitlich Angeordnete schief und in Trümmer ging.

Am Nachmittag des vierten Tages berief der Direktor die Erzieher zu sich. Was ist los? Ja, was ist los? Sie standen vor einem Rätsel. Unter dem Vorwand, die Topfpflanzen im Direktorenzimmer zu begießen, rief ein Erzieher während der Konferenz einen Jungen, ihren Jungen, Georg Blaustein, ins Zimmer. »Georg, du bist doch ein anständiger Junge, sag du uns, was los ist. Du hast uns doch sonst alles erzählt.« Georg Blaustein erinnerte sich an die Nacht vor vier Tagen. Er lag wachend im Bett wie alle anderen Jungen. Da war plötzlich in der Dunkelheit ein Gesicht neben dem seinen. Und er hörte leise aber unheimlich eindringlich: »Wenn du klatschst, dreh ich dir den Hals um ...« Dann war das Gesicht unter Georgs Bett, unter viele Betten hindurch in sein eigenes gerutscht. »Ich ... ich weiß ... ich weiß wirklich nicht, Herr Direktor, warum ...« Aber der Direktor und jeder Erzieher merkten, dass Georg alles wusste, dass Angst ihm den Mund verbot. »Begieß die Blumen, Georg.« Resultat der Konferenz: wir wissen zwar nichts, aber wir wissen doch! Striktes Rauchverbot für alle Zöglinge, Urlaubssperre, drakonische Durchführung der Strafmaßnahmen bei kleinsten Vergehen. Bis wieder geordnete Verhältnisse eintreten. Bericht an die vorgesetzte Behörde mit der Bitte um Verhaltungsmaßregeln.

Und was war los? Was war Ursache der stillen Revolte? Ein fast alltäglicher Vorgang. Willi Kludas, der zwanzigjährige Zögling, hatte von Herrn Friedrich, dem verhasstesten Erzieher, wegen einer Ungehörigkeit eine Ohrfeige bekommen. Ausgerechnet an seinem Geburtstag hatte Willi sie bekommen. Scheinbar ruhig hatte er sie eingesteckt. In der Nacht aber rief er zum stillen Aufruhr auf. Als vorläufige Rache. Dann wollte er Herrn Friedrich die Ohrfeige mit guten Zinsen zurückzahlen und aus der Anstalt flüchten. Für die Rückerstattung der Ohrfeige nebst Zinsen hatte Willi sich einen besonderen Plan ausgeheckt, in den er nur seine sechs besten Freunde, die brauchte er dazu, einweihte.

Zwei Tage weiter. Zwischen zehn und elf Uhr nachts. Der ganze Schlafsaal weiß, dass heute Nacht etwas vor sich gehen soll. Aber nur sieben Jungen, Willi und seine sechs Freunde, wissen, was passieren wird. Vor einer halben Stunde war neben dem Bett Georg Blausteins auch wieder das Gesicht aufgetaucht und hatte fürchterliche Drohungen ausgestoßen, wenn ... Willi weiß, wenn jetzt Krach gemacht wird, kommt sein Freund Friedrich herein. Und das ist gut. Sehr gut. Die sieben Jungen beginnen programmgemäß mit einer ungenierten Unterhaltung, die laut und lauter wird. Streng nach Programm klopft es auch bald von draußen: »Ruhe, da drinnen!« Herrn Friedrichs Stimme. Gut. Nun erst einmal Ruhe. Aber nicht zu lange. Plötzlich machen die Verschworenen einen Heidenkrach, der ganze Saal sitzt aufrecht in seinen Betten. Dann schnappen sich zwei von Willis Freunden ein Bettlaken und laufen barfuß zur Tür. Da kommen auch schon die Schritte des Herrn Friedrich. Auf geht die Tür. Ein Schalter knackt. Es bleibt dunkel. Zwei Gestalten mit vorgehaltenem Laken stürzen sich auf den im dunklen Saal stehenden Erzieher Friedrich. Werfen ihm die Laken über den Körper. Vier andere Freunde halten Hände und Füße fest, ein kaum hörbares Würgen kommt unter dem Tuch hervor. Dann fällt Willi über das weiße Bündel her. Nur das Klatschen der Schläge ist zu hören, der ganze Saal muckst nicht. Mit einem Griff haben die Jungen ihre Laken wieder, und Herr Friedrich fliegt wenig sanft auf den Korridor. Die Tür fällt ins Schloss, die Rächer sausen in ihre Betten.

Eine halbe Stunde vergeht – die Laken konnten unterdes wieder sauber ausgebreitet werden – da kommen Direktor und mehrere Erzieher notdürftig bekleidet, aber bewaffnet in den Schlafsaal. Aber Licht gibt es auch jetzt noch nicht. Zwei Zöglinge müssen erst aus ihrem festen Schlaf geweckt werden. Sie sollen Leitern holen und neue Birnen einschrauben. Dann endlich wird es hell, und jetzt ist es kein Wunder mehr, dass alles wacht und das unterhosene Direktorium anstarrt. Der Tatbestand ist, dass Herr Friedrich, übrigens ziemlich glimpflich, verprügelt wurde von mehreren Gestalten in Nachthemden. Aber von welchen Nachthemden? Der ganze Saal sagt einstimmig: »Ich bin erst von dem Lärm aufgewacht.« Georg Blaustein aber übertrumpft alle. Er ist nicht nur von dem Lärm nicht aufgewacht, nein, er schläft vor Angst auch jetzt noch. Die Untersuchung wird ergebnislos abgebrochen. Jeder der Jungen weiß, dass sie alle eine Gesamtstrafe treffen wird. Wenn schon. Aber der Friedrich hat es gekriegt. Das wiegt alle Strafen auf.

Am Morgen gehen keine Arbeitskommandos los. Alles bleibt in der Anstalt zur Vernehmung. Besonders verdächtige und besonders *gute* Jungen werden einzeln vernommen. Die anderen in kleinen Gruppen. Das Ergebnis der Untersuchung wird streng geheim gehalten. Auch

Strafen sind noch nicht bekannt geworden. Der Vorfall ist zu schwerwiegend. Die vorgesetzte Behörde soll um Entsendung einer Untersuchungskommission gebeten werden. Herr Friedrich hat sich krank gemeldet.

Heute Abend wird getürmt, steht für Willi Kludas fest. In einem Brief, den ein Junge erst am nächsten Morgen finden soll, will er hinterlassen, dass er der Alleinschuldige ist. Die bei der Prügelei geholfen hätten, habe er unter Drohungen gepresst. Aber verhauen habe er Herrn Friedrich ganz allein. Warum, Herr Direktor? Wegen der Ohrfeige an meinem zwanzigsten Geburtstag! – Mittags und abends isst Willi soviel er nur irgend erwischen und verdrücken kann. Wer weiß, wann er wieder was kriegt. Er muss die Nacht durchwandern, um die nächste Fernbahnstation zu erreichen. Dann will er versuchen, mit einer Bahnsteigkarte nach Berlin zu kommen. Zehn Stunden Fahrt. Wie er es anstellen will, im Zug unkontrolliert zu bleiben, weiß er allerdings noch nicht. Nur von seinen sechs Freunden verabschiedet er sich heimlich. Sie geben ihm von ihrem Abendbrot auf den Weg, und der eine oder andere opfert einen Groschen. Willis Barbesitz beläuft sich auf fünfundneunzig Pfennig. Eine Stunde vor der Schlafenszeit wagt er den entscheidenden Schritt. In einer Stunde werden sie merken, dass er getürmt ist; dann muss er weit, weit weg sein. Jetzt müssen die Freunde ihm den letzten Kameradschaftsdienst erweisen. Unter viel Geschrei und Getöse inszenieren sie einen Streit. Von allen Seiten eilen die nervös gewordenen Erzieher und selbst der Direktor in den Aufenthaltsraum. Während die Freunde ganz erstaunt tun, jumpt Willi über die Mauer.

Bis zum ersten kleinen Ort, zehn Minuten entfernt, muss gerannt werden. Aber dann nicht durch den Ort, sondern drum herum. Nur nicht zu schnell, nur nicht sich gleich ganz auspumpen. Mensch, macht das Spaß, so zu rennen! Zu rennen, immer geradeaus! Nicht gleich wieder beidrehen müssen wie auf dem Anstaltshof. Bei dem ungemütlichen Wetter ist Gott sei Dank kein Mensch auf der Chaussee. Willi rennt mit eingezogenen Armen und vorgestreckten Fäusten: »Eins, zwei, drei, vier ..., eins, zwei, drei, vier ...« Junge, ist das fein. Ob die wohl schon was gemerkt haben? Wenn sie bloß nicht einen Erzieher mit dem Fahrrad hinterherschicken ... Eins, zwei, drei vier ... feste, feste. Jetzt links in den Feldweg einbiegen, rechts liegt die Ortschaft. Ei weh, ist der Boden aufgeweicht, richtige Klumpen hängen an den Schuhsohlen. Was das schon ausmacht! Nun erst recht! Feste, feste!

Der Ort ist schon weit hinter ihm, jetzt wieder auf die Chaussee. Da läuft es sich doch besser. Rast machen? Nee, lieber noch 'ne Viertelstunde rennen. Junge, Junge, wird das warm. Im Laufen holt er sich eine Stulle aus der Tasche ... Patsch, liegt er im Chausseegraben. Ein Auto fegt vorbei. Zum Glück kommt es von vorn. Weiter, weiter. Feste, Willi, feste! Allmählich aber wird die Puste doch knapp. Fünf Minuten Pause, drüben hinter der Hecke. Jetzt eine Zigarette haben ... Muss nicht bald wieder ein Dorf kommen? Ob er sich da in die Kneipe traut und fünf Zigaretten kauft? Klar traut er sich! Also hopp, Willi, desto eher haste 'ne Zigarette. Eins, zwei, drei, vier ...

Ein kleines Mädchen bedient in der Kneipe, Willi bekommt seine Zigaretten. Für die erste gönnt er sich langsame Gangart. Aber als der Stummel in den Graben fliegt, setzt Willi zum Spurt an. So 'ne Zigarette ist doch ein Wunderding, die gibt Kraft wie 'n Gänsebraten. Schade, dass man beim Laufen nicht rauchen kann. Aber da pustet der Wind ja alles weg. Da ist das Stäbchen im Nu aufgeglüht. Feste, feste! Jetzt haben sie bestimmt schon Lunte gerochen, zu Hause. Zu Hause? Schönes Zu Hause! War doch immer ein Gefängnis. Er biegt wieder von der Chaussee ab und geht Schritt. Immer so weit von der Chaussee entfernt, dass er sie stets im Auge hat. Tippeln, sparsames Rauchen, Sinnieren, was nun wohl werden wird. Wie komm ich nach Berlin? Wenn sie dich nun im Zug schnappen? Dann ist er morgen wieder in der Anstalt und kommt vors Gericht wegen der Prügel, die Herr Friedrich besehen hat.

Morgens fünf Uhr ist er, zerschlagen und hundemüde, in der Stadt. Vielleicht warten sie hier schon auf dich, denkt er. Als er sich dem Bahnhof nähert, sieht er lange Reihen abgestellter Güterwagen. Nein, mit dem D-Zug kann er nicht fahren, wo soll er sich zehn Stunden lang verstecken? Auf der Toilette? Die Kontrolleure haben doch Schlüssel und gucken in jeden Lokus. Mit dem Güterwagen muss er fahren. Er schwenkt ab vom Weg. Betritt das menschenleere Bahngelände, ist zwischen den Waggonreihen. Studiert die aufgeklebten Zettel, um zu sehen, wohin der Zug fährt. Aber davon steht nichts drauf. Kurz entschlossen jumpt er auf eine offene, mit einem Segeltuch verdeckte Lore. Holzwolle in Ballen. Zwischen zwei Ballen quetscht er sich, zupft sich eine Kopfunterlage heraus und legt sich nieder. Sollen sie hinfahren, wo sie wollen. Hauptsache ist: weg von hier und schlafen, schlafen! – –

Kapitel 4

FRED HATTE ALLEN GRUND, seinen Auszug aus dem ›Mexico‹ tunlichst zu beschleunigen. Die Flucht galt nicht einem Fremden, auch nicht der Polizei. Fred floh vor dem eigenen Vater. Einem kleinen Postbeamten aus Schöneberg. Freds Mutter ist lange tot. Wieder und wieder hatte der Alte seinem Sohn gedroht, die Hand von ihm zu ziehen und ihn seinem Schicksal zu überlassen, wenn er nicht die kleinen Diebereien bei Verwandten und Bekannten lassen würde. Unzählige Male war Fred von zu Hause getürmt, unzählige Male hatte der Vater selbst ihn vor die Tür gesetzt, wenn die Wiedergutmachung des von Fred angerichteten Schadens wieder einmal den halben Monatslohn ausmachte. Aber kaum war Fred einige Tage weg, da ging der alte Mann tagelang auf die Suche nach seinem Jungen. Einmal schon hatte er ihn aus dem ›Mexico‹ herausgeholt. Später führte die Polizei ihm den Jungen zu. Dann, wenn der Fred glücklich wieder da war, wurde er gottsjämmerlich verprügelt. Aber bald fiel Fred in seine alten Sünden zurück. Er verkaufte Vaters Garderobe, war eines Tages sogar im Begriff, das Klavier von einem Händler abholen zu lassen.

Und heute hatte es den Alten wieder gepackt. Er ging seinen Jungen suchen. Fand ihn glücklich. Verlor ihn auch nicht aus den Augen, als Fred schon über den Alexanderplatz lief. Mehrere Straßenbahnen in enger Folge schnitten Fred unbarmherzig den Weg ab. Der Alte holte ihn ein. Auf der Straße sagte er nichts, die zitternde Hand presste sich nur fest um Freds Arm. Dann nahmen sie einen Omnibus, stiegen am Stettiner Bahnhof in den Omnibus 5 um, Richtung Schöneberg. Zu Hause erwartete Fred die übliche Prügel. Sie blieb aus. Der Alte briet ihm sogar ein Frühstück von vier Eiern und setzte es ihm wortlos vor. Zog seinen Postrock an und sperrte Fred ins Hinterzimmer. Von beiden Seiten wurde kein Wort gesprochen.

Fred sitzt im Schlafzimmer in der vierten Etage. Zimmer- und Wohnungstür sind verschlossen. Türmen, flitzen, zur Clique zurück, natürlich. Aber wie rauskommen? Er hat nicht einmal ein Stück Draht, aus dem er sich einen Dietrich biegen könnte. Verdammt. Und die Senge[2] vom Alten heute Abend. Zwei, drei Stunden vergehen. Er kann weder

---

[2] *Senge:* aus Nord- und Mitteldeutschland stammender Begriff für ›Prügel‹

schlafen, noch sitzen, noch lesen. Sogar die Spiegeleier hat er stehen lassen. Nur: wie komm ich hier raus? Eben hat er sich wieder aufs Bett geworfen, da!, der Cliquenpfiff! Fenster auf. Walter und Erwin stehen im Hof und recken die Hälse. Machen fragende Grimassen und gestikulieren. Sekunden rennt Fred ratlos im Zimmer umher, dann schreibt er rasch einen Zettel: *»Der Alte hat mich eingesperrt. Könnt ihr mir ein Stück Draht besorgen für eine Tändel? Damit krieg ich vielleicht die Türen auf.«* Den Zettel bindet er an einen Zwirnsfaden und lässt ihn hinab. Walter und Erwin lesen und verschwinden eiligst. Fred wartet am Fenster. Triumphierend kommen die Jungens mit einem Meter Draht, in der nächsten Eisenhandlung gekauft. Fred holt den Faden mit dem Draht ein. Biegt und biegt mit den bloßen Händen. Es will nicht gehen, der Draht ist zu stark. Fred klemmt das Drahtende zwischen eine Schubladenspalte. Das Holz bekommt eine tiefe Kerbe, aber der Draht biegt sich in die gewünschte Form. Der primitive Dietrich, die Tändel, ist fertig. Das einfache Schloss der Zimmertür gibt schon nach kurzer Zeit nach. Einmal. Unten stehen Walter und Erwin und pfeifen ungeduldig. Jetzt an die Wohnungstür. Sicherheitsschloss, mein Junge, nicht so einfach. Eine viertel, eine halbe Stunde vergeht. Das Schloss rührt sich nicht. Fred heult vor Wut. Da geht es plötzlich. Knirschen, Quietschen, dann zweimaliges Knacken: auch die Wohnungstür ist auf. Mütze auf, Mantel an. Einen Augenblick besinnt Fred sich, dann rast er in das unverschlossene Wohnzimmer und bald hat er, was er sucht: seine goldene Konfirmationsuhr. Die Wohnungstür drückt er ins Schloss, dann fegt er die Treppen hinab.

»Mahlzeit, die Herren!« begrüßt er seine Kameraden. Fred ist vergnügt und voller Schadenfreude über das Gesicht des *Ollen*, wenn er die Wohnung leer findet und dazu noch bemerkt, dass Fred auch dieses Mal nicht mit leeren Händen gegangen ist. Nicht eine Spur von Empfinden oder Scham beweist er, als er die gestohlene Uhr zeigt. Ist ja sein Eigentum. Zwar, der Alte hat sie von jahrelangen Spargroschen gekauft, aber, geschenkt ist geschenkt ... Soll er sie versetzen oder verkaufen? Der Pfandleiher verlangt Ausweispapiere. Also verkaufen, der *warme Christoph* nimmt sie sicher.

Der warme Christoph, eine Schöneberger Hehlertype, hat Interesse. Er bietet dreißig Mark, er weiß, hundert Mark zahlt ihm jede Pfandleihe für die schwergoldene Uhr. Bis vierzig Mark lässt er mit sich handeln. Dann ist Schluss. Die Preise müssen gehalten werden. Fred kassiert die vierzig Mark, er hätte die Uhr auch für zwanzig hergegeben. Vorerst lädt er seine

Kameraden zum warmen Essen bei *Aschinger* ein. Dann bringt eine Taxe die drei nach der Lothringer Straße, zur Alten Post.

Alle Blutsbrüder sind versammelt. Fred, der Held und Ausbrecher wird mit großem Hallo empfangen. Der Kellner kriegt zu tun. Fred bestellt Glühwein, Zigaretten und Schokolade für alle. Aber jetzt muss Fred berichten. Sogar seine Kameraden werden still, als er erzählt, der *Olle* habe ihn »bloß immer so anjekiekt, als ob er gleich losheulen wollte ...« Glühwein wird auf die Dauer zu teuer. Fred will sich ›besaufen, bis er umfällt‹. Aber möglichst billig. Sie gehen in die Elsasser Straße in eine der berüchtigten Rabandschen Großdestillationen. Hier ist Trunkenheit für billiges Geld zu haben. Für zehn Pfennig bekommt man einen Schnaps, der wie Pfeffer in der Kehle brennt. Fred lässt also gleich etliche Doppelschnäpse auffahren. Er kommandiert: *»Blutsbruder! ...«* alle fassen ihr Glas, *»Sauf!«* alle stürzen den Fusel hinunter. Neue Lage, noch eine Lage. *»Blutsbruder ... sauf!«*

Den stillen Heinz hat der Alkohol rebellisch gemacht. Er ist der Lauteste von allen. »Zehn Schnäpse hintereinander? Kleinigkeit!« renommiert er. Fred bestellt zehn Schnäpse. Vor Heinz werden sie aufgebaut. *»Blutsbruder ... sauf!«* *»Sauf ... sauf ... sauf«*, kommandiert Fred schadenfroh. Beim fünften Glas kippt Heinz vom Stuhl wie ein leerer Handschuh. Das junge Gesicht ist leichenfahl und verzerrt, der Inhalt des letzten Glases läuft wieder aus dem Mund heraus. Weiter geht das sinnlose Trinken der anderen. Kurz vor der Polizeistunde setzen sich zwei alte, aufgeschwemmte Prostituierte zu den Blutsbrüdern, und Fred traktiert auch sie mit Schnäpsen, soviel die ausgepichten Kehlen nur wollen. Dann, als Feierabend geboten wird, kommen die Weiber aufs Geschäft zu sprechen. Jonny, Fred, der wiedererwachte Heinz und Konrad werden von den beiden Kaulquappen ins Schlepptau genommen, um die letzten Groschen zu erbeuten. Ludwig torkelt mit den anderen Kameraden in eine Herberge in der Linienstraße. Morgen wird man sich schon irgendwo wiedertreffen.

Der Glanz der vierzig Mark ist schnell verblichen. Ein runder lumpiger Taler ist dem Spürsinn der beiden Weiber entgangen. Am späten Nachmittag hatte die Clique sich im *Münzhof* gefunden. Der Taler wird in Bier und Zigaretten umgesetzt. Jetzt erst bemerkt Ludwig, dass Heinz fehlt. »Heinz musste zur Rettungsstelle gehen«, erwidert Jonny kurz angebunden. In der Behausung der beiden Weiber war Heinz wieder in

Renommiersucht verfallen. Das misslungene Experiment mit den zehn Schnäpsen wollte er jetzt durch eine Schaunummer mit den Weibern wieder gutmachen. *Fünfmal ...?* Die betrunkenen Weibsbestien hatten sich johlend der Manneskraft des Achtzehnjährigen bemächtigt und den Jungen nicht eher aus der Umklammerung ihrer feisten Schenkel gelassen, bis der misshandelte Körper Blut ausschied. Stunden später konnte Heinz nicht mehr gehen. Er musste in die Mitte genommen und zu einer Rettungsstelle gebracht werden, von der er jetzt, nach fünf Stunden, noch nicht zurück war.

Fred, so schön im Zuge mit dem Geldanschaffen, hat eine neue Idee, mit der mindestens dreihundert Mark zu verdienen sind. Aber Fred braucht zur Verwirklichung seines Planes drei, vier Helfer. Er hat aus seiner Strichjungen-Zeit noch eine alte, treue Liebe. Einen sehr begüterten Butterhändler, den man, zumal wenn vier und mehr Mann in Erscheinung treten, sehr gut um einige Hunderter erleichtern kann. Als Helfer sucht Fred sich Jonny, Konrad, Hans und Erwin aus. Dann geht er ans Telefon. Kommt wieder und erzählt, dass er seinen *Fritzen* zu acht Uhr in den Tiergarten bestellt hat. Die Aufgabe der Helfer sei nun, ihn mit seinem Freier in einer verfänglichen Situation zu überraschen. Die vier Fremden hätten sehr entrüstet zu tun und mit der Polizei zu drohen. Dann würde Fred, außer sich vor Angst, den Händler bitten, das Schweigen der Leute doch mit Geld zu erkaufen. Und dieses Schweigen würde eben mit dreihundert Mark berechnet werden. »Eine ganz ungefährliche Kiste. Der wird sich hüten und Krach machen, wo er doch verheiratet ist und Kinder hat«, schließt Fred seinen sauberen Vortrag.

Ganz langsam, Schritt vor Schritt setzend, kommt Heinz in das Lokal. In seinen Augen liegt körperlicher Schmerz und Angst vor dem Spott der Kameraden. Fred will auch gleich loslegen: »Na, du Eunuche!« Aber kurz und bestimmt verbietet Jonny es. Heinz erzählt, dass der Arzt der Rettungsstelle ihn ins Krankenhaus schaffen lassen wollte. Nur auf Heinz Einwand, dass er zu Hause sehr gute Pflege habe, habe der Arzt ihn endlich gehen lassen. – Fred drängt zum Aufbruch und entschließt sich, auch noch Georg und Walter mitzunehmen, um ganz sicher zu gehen. Ludwig und Heinz sollen um elf Uhr bei Schmidt sein.

Heinz kann sich vor Müdigkeit und Schmerzen kaum noch aufrecht halten und nimmt Ludwigs Vorschlag, schon jetzt in eine Herberge zu gehen, dankbar an. Sie werfen ihre Groschen zusammen. Es reicht gerade noch für Heinzens Schlafgeld. – –

Kapitel 5

LUDWIG STEHT VOR DEM SCHAUFENSTER einer Aschinger-Filiale am Stettiner Bahnhof und träumt sich in den Besitz wenigstens einer der ausgestellten mächtigen Würste. »Die würden det janich mal merken, wenn eene fehlt ...« Ein Bursche stellt sich neben Ludwig. Wohl ein paar Jahre älter, auch ordentlicher gekleidet. Er beobachtet Ludwig, beguckt die Auslagen, sieht wieder auf Ludwig. Dann: »Kohldampf, was? ... Willst du dir 'n Fuffziger verdienen?« »'n Fuffziger?« fragt Ludwig, »womit denn?« Der Bursche zeigt einen Gepäckschein von der Handgepäckaufbewahrung des Stettiner Bahnhofes. Ob Ludwig den Koffer abholen wolle. Er, der Besitzer des Scheines könne hier von der Omnibushaltestelle nicht weggehen, jeden Augenblick müsse sein Freund mit einem Omnibus kommen. Gut. Ludwig nimmt den Schein und eine Mark, davon soll er die Gebühr bezahlen, der Rest gehört ihm. Macht einmal Erbsensuppe mit Speck und mindestens ein halbes Dutzend Gratisbrötchen, meditiert Ludwig auf dem kurzen Weg zum Bahnhof. Oder ein Paar Wiener zu fünfundzwanzig Pfennig und für den Rest des Geldes Zigaretten. Noch besser, sagt er sich und gibt dem Beamten den Gepäckschein: »Ein Koffer«. Der Beamte kommt zurück ohne Koffer. »'n Augenblick mal«, und verschwindet wieder.

Ein, zwei Minuten, da taucht der Beamte wieder auf und zeigt auf Ludwig. Von hinten berührt jemand Ludwigs Arm: »Kommen Sie mal mit.« Ein Schupo der Bahnhofswache. Der Beamte der Abfertigung übergibt den Dienst einem Kollegen und geht ebenfalls mit zur Wachstube. Der wachhabende Beamte hört zuerst den Gepäckbeamten. Der erklärt: »Der Gepäckschein, den dieser junge Mann einlösen wollte, ist seit heute morgen als verloren gemeldet. Der Verlierer gibt an, die Brieftasche, in der sich der Schein befand, sei ihm auf der Straßenbahn von einem Taschendieb gestohlen worden.«

Ludwig fährt auf: »Ich nicht ... ein Fremder, vor Aschinger ...« »Immer der Reihe nach«, unterbricht der protokollierende Beamte. »Haben Sie Ausweise über Ihre Person bei sich, Pass oder Meldeschein?« fragt der Wachhabende. »Nein, nicht bei mir«, erwidert Ludwig. »Also, Sie heißen?« Ludwig schweigt. Soll er seinen richtigen Namen angeben? Dann liefern sie ihn wieder in die Fürsorge ein. Nein, vielleicht lassen sie ihn laufen, wenn er einen Namen angibt, der nicht im polizeilichen Fahndungsblatt steht, denkt Ludwig naiv. »Erich Müller«, sagt er dann schnell. Der Beamte schreibt. Weiter gibt Ludwig irgendein Geburtsdatum, vollkommen aus der Luft gegriffene Personalien an. »Wohnung?« fragt der Beamte. »Obdachlos, erst gestern auf Arbeitssuche nach Berlin gekommen.« »Wo haben Sie denn Ihre Papiere?« »Hab' ich ... hab' ich auf der Reise verloren.« Der Beamte protokolliert gemächlich. »So, nun erzählen Sie mal, wie die Sache war.« Endlich kann Ludwig loslegen. Er schildert mit solchem Eifer, dass der Beamte nicht umhin kann, auf das Verlangen Ludwigs einzugehen, ihn durch einen Beamten an die Haltestelle vor Aschinger bringen zu lassen, um den Auftraggeber fest-zustellen. Zumal der Trick, den *heißen* Gepäckschein durch einen Unbeteiligten einlösen zu lassen, nicht gerade neu ist.

Im großen Bogen, um den eventuell noch wartenden Spitzbuben nicht zu verscheuchen, nähern Ludwig und ein Zivilbeamter sich der Stelle, wo Ludwig angesprochen wurde. Er guckt sich die Augen aus, keiner ist da, der auch nur entfernt so aussieht wie sein Auftraggeber. Der Beamte lächelt ironisch. Er hat es gewusst, wieder einmal der große Unbekannte. Dass die Jungens nicht endlich mal auf eine andere Ausrede verfallen! Auf der Wachstube wird das Protokoll abgeschlossen. »Bleiben Sie bei Ihrer Aussage, dass Sie den Schein für einen Fremden einlösen sollten?« »Ja.« »Sie bleiben die Nacht hier, morgen früh kommen Sie aufs Präsidium«, sagt der Beamte und schiebt Ludwig in den Arrestanten-Raum.

In Ludwig kreisen und wirren die Gedanken. Soll er sagen, dass er nicht Müller heißt, dass er aus der Fürsorge geflüchtet ist? Dann glauben sie ihm gar nichts mehr. Dann halten sie ihn bestimmt für den Dieb. Aber herausbekommen wird die Polizei es ja doch, dass er einen falschen Namen angegeben hat. – Eine endlose Nacht auf einer harten Holzbank in Gesellschaft schnarchender Betrunkener, aufgegriffener Straßen-mädchen und eingelieferter Verbrecher. Ewiger Taumel zwischen Halb-schlaf und Aufschrecken, wenn Zugang kommt. Endlich, in den ersten Morgenstunden werden die Häftlinge, von Schupos eskortiert, hinaus-geführt. Ab in den die Polizeireviere abgrasenden *Lumpensammler*, in die *Grüne Minna*. Das Auto ist bereits überfüllt, als Ludwig hineinbugsiert wird. Er steht zwischen zwei betrunkenen Weibern, die ihn ungeniert nach Zigaretten abtasten. Der Wagen holpert davon. Nach dem Polizei-präsidium. Im weiten Lichthof macht das Auto eine elegante Wendung und hält unmittelbar vor einer Kellertreppe. Wieder von Schupos bewacht wird die Fracht, nach Geschlechtern getrennt, in eine große Gemeinschaftszelle geführt.

Stunden und Stunden vergehen. Die Ausgekochten haben sich bereits mit ihrem Künstlerpech abgefunden und tauschen gegenseitig Erfahrungen aus, die sie in den verschiedenen Gefängnissen machen konnten. Auch Vor-Urteile werden gefällt. »Wat haste jemacht?« »'n Freier die Brieftasche gezogen«, antwortet ein befragter Strichjunge. »Vorbestraft?« »Nee.« »Na, zwee, drei Monate mit Bewährung«, lautet das Vor-Urteil. Ein Wachtmeister kommt und ruft einige Häftlinge auf. Darunter auch *Erich Müller*, zum Vernehmungsrichter.

Ein kaltes, kahles Behördenzimmer. Am Schreibtisch, eilig und augenglasfunkelnd, der Vernehmungsrichter. Abseits eine protokollierende Stenotypistin, jung und angenehm, ein leichter Duft von Puder und guter Seife weht zu Ludwig herüber. »Sie sind der junge Mann ohne Papiere und nennen sich Erich Müller?« beginnt der Richter. »Geboren am ... wohnten zuletzt ... stimmt's?« »Jawohl«, antwortet Ludwig und sieht auf die weißen spitzen Finger der Stenotypistin, flink und knapp spannen sie einen neuen Bogen in die Maschine. »Und wie war die Geschichte mit dem Gepäckschein? Erzählen Sie mal ausführlich.« »Erich Müller« erzählt, der Richter steht breitbeinig am Tisch und hört scheinbar angespannt zu.

Ludwig hat seine wahrheitsgetreue Schilderung beendet. Im Zimmer ist es still. Von der Straße dröhnt Lärm des Alexanderplatzes herauf. Die Stenotypistin hat einen kleinen Schönheitsfehler am Nagel des rechten Zeigefingers entdeckt und nimmt sich vor, ihr teures Geld zu einer sorgfältiger arbeitenden Maniküre zu tragen. Der Richter schweigt noch immer und biegt ein metallenes Lineal zu einem Halbkreis. Dann, ganz plötzlich und hart platzt die Frage an Ludwig: »Also Sie bleiben dabei, Erich Meyer zu heißen, nicht wahr?« Ludwig antwortet mit einem leisen »Jawohl«. Eine kleine Pause. »So, da hätten wir Sie ja ertappt!« Der Richter setzt sich triumphierend. Ludwig, selbst die Stenotypistin blicken fragend auf. »Sie gaben zu Protokoll, Erich Müller zu heißen. Eben frug ich Sie, ob Sie dabei bleiben Erich Meyer zu heißen. Auch das bejahten Sie. Wie viel Namen haben Sie denn eigentlich?« Der Richter lehnt sich zurück. Ludwig strömt das Blut mit einer Schnelligkeit zu Kopf, dass ihm schwarz vor Augen wird. Die Stenotypistin lächelt dumm. Jetzt hat auch sie den Trick ihres Chefs bemerkt. »Ich mache Sie darauf aufmerksam, dass die Angabe falscher Personalien streng bestraft wird. Wollen Sie jetzt also gefälligst die Wahrheit sagen.« Ludwig krallt seine Fingernägel in das Holz des Stuhlsitzes, die Stimme des Richters klingt weit entfernt. »Kann ich einen Schluck Wasser … haben?« Die Stenotypistin bringt es. Der Richter wartet geduldig. Er weiß, seine Saat wird aufgehen. – »Ich heiße Ludwig N… und bin aus der Fürsorge in H… geflüchtet.« Der Richter nimmt das Fahndungsblatt und studiert es. »Das könnte stimmen. Wann sind Sie aus H… geflüchtet?« Ludwig gibt das Datum an, es stimmt mit den Angaben im Fahndungsblatt überein. Der Richter ist jetzt überzeugt, dass Ludwig die Wahrheit sagt. Da Ludwig bezüglich des Gepäckscheines bei seinen Angaben bleibt, ist die Vernehmung beendet. Die Akten des Fürsorgezöglings Ludwig N. werden aus H. angefordert. Das Weitere ist Sache der Staatsanwaltschaft. Ein roter Schein wird ausgefüllt. Schicksalsschein. Haftbefehl! Klingelzeichen: *Abführen*.

Ein Wachtmeister bringt Ludwig in die Gefängniskanzlei. Im *Hammelstall*, einem durch eine halbmannshohe Mauer von der Kanzlei abgetrennten Raum soll er warten. »Haben Sie Geld oder Wertsachen bei sich?« fragt der Kanzleibeamte. Ludwig gibt ihm die Mark, die er von dem Spitzbuben bekommen hat. Dann wird er ins Gefängnis geführt. Vor ihm der endlose Korridor, links und rechts, eine wie die andere, Zelle neben Zelle. Braune eisenbeschlagene Tür neben brauner eisenbeschlagener Tür. Nur die Nummern der Türen, die auch Nummern der Gefangenen sind, lauten anders. In der Aufnahmezelle wird Ludwig aufgefordert, seine Taschen zu leeren. Alles wird ihm abgenommen. Dann nimmt ihn eine Einzelzelle auf, und er ist sich selbst überlassen. Ein knochenhartes, zerlegenes Feldbett mit blauweißem Bezug und zwei Wolldecken. Ein Schemel, ein Wandregal zum Abstellen des Essnapfes, ein Trinkbecher und eine Wasserkanne. In der Ecke ein stinkendes Klosett. Für einen Tisch hat die Zelle keinen Raum.

Draußen auf dem Flur krachen die Nagelschuhe der Wachtmeister auf die Fliesen. Ein Auge blickt durch den Spion in der Tür, beobachtet die Häftlinge bei der Verrichtung ihrer Notdurft wie auch bei ihren Träumen von Freiheit und Mädchen … Klirren und Schließen an Ludwigs Zellentür. Das Hineinstoßen des großen Schlüssels ins Schloss trifft Ludwig wie ein elektrischer Schlag. »Kommen Sie raus.« Er wird einem Zivilbeamten übergeben, der ihn zum Erkennungsdienst führen soll.

Treppauf, treppab durch Winkel und unabsehbare Korridore des verbauten Riesengebäudes. Ein großes, helles Zimmer im Parterre. Stadtbahnzüge sausen vorüber. »Gehen Sie da rein.« Man weist Ludwig in einen Käfig aus weitmaschigem Draht. Ludwig setzt sich neben ein wimmerndes junges Mädchen. Fast ein Kind noch. Was mag dieses verheulte Mädel verbrochen haben? Jedenfalls wird es gemessen, daktyloskopiert, fotografiert *en face* und Profil, mit und ohne Hut, mit und ohne Mantel, als sei es eine gefährliche Verbrecherin. Ludwig ist an der Reihe. Er muss sich die Hände waschen. »Sonst wird infolge des Fingerschweißes der Abdruck undeutlich«, erklärt der Beamte. Er nimmt Ludwigs rechte Hand und drückt die Fingerspitzen sanft auf eine Platte, die vorher mit Druckerschwärze bewalzt worden war. Dann nimmt er jede Fingerspitze einzeln und drückt sie in eine bestimmte Rubrik des vorbereiteten Personalienbogens. Genau so wird mit der linken Hand verfahren. Die Fingerabdrücke aller zehn Finger sowie jeder Hand sind für alle Zeiten rubriziert. Zum Fotografieren. Ein weiß ausgehängter Raum. Auf einem rechteckigen Podium muss Ludwig Platz nehmen. Hinter seinem Rücken schieben sich Richtleisten in die Höhe, auch seitlich bestimmen die Leisten den kerzengeraden Sitz des zu fotografierenden Delinquenten. Grelles Licht flammt auf. Eine Profilaufnahme ist gemacht. Der Beamte rückt an einem Hebel. Ludwig sitzt, ohne sich gerührt zu haben, *en face*. Noch einmal die Prozedur mit Mütze, und Ludwig wird in seine Zelle geführt. – –

Kapitel 6

WILLI KLUDAS erwacht von einem furchtbaren Druck. Ein schwerer Gegenstand, der ihm das Atmen unmöglich macht, liegt auf ihm. Völlig wach öffnet er die Augen. Er sieht nichts, gar nichts. Unter ihm geht es rattatata ... rattatata. Erst allmählich kommt Willi zur Besinnung, wo er überhaupt ist. Ja, er ist geflüchtet, ist auf eine Eisenbahnlore geklettert und hat sich zwischen die Holzwolle gelegt. Und ein verrutschter Ballen Holzwolle ist es, der auf ihm liegt. Anheben kann er den Ballen nicht. Mühselig quetscht und windet er sich so lange, bis er auf dem Bauch liegt, dann zieht er sich langsam unter dem Ballen hervor. Als er am hinteren Ende der Lore die schwere Regenschutzdecke löst, sieht er endlich, dass es Nacht ist. Der Zug bummelt gemächlich dahin.

Im Bremserhäuschen des Waggons hinter seiner Lore sieht Willi plötzlich ein glimmendes Fünkchen, das sich bewegt und hell aufglüht. Ein rauchender Eisenbahner? Oder gleich Willi ein Blinder? Schnell befestigt er die Decke und quetscht sich wieder zwischen die Ballen. Da ist es noch am wärmsten. Eine Zigarette hat er noch und zwei zerdrückte Stullen. Aber nichts zu trinken. Vorläufig raucht er erst einmal vorsichtig die Zigarette. Nur nicht der Holzwolle damit zu nahe kommen. Wohin mag der Zug nur fahren? Die vorüberhuschende Gegend sagte ihm gar nichts. Und wie lange fährt er schon? Vorn pfeift die Lokomotive, nochmal und nochmal. Dann quietschen auch schon die Bremsen. Keine Einfahrt. Willi windet sich wieder hindurch, um vielleicht den Namen einer Station zu erhaschen. Der Zug hält auf freier Strecke.

Vorsichtig lugt Willi durch einen fingerbreiten Spalt nach dem Bremserhäuschen hinüber. Dessen Tür öffnet sich, ein unbedeckter Kopf, der nach allen Seiten Ausschau hält, wird sichtbar. Vom Bahnpersonal ist nichts zu sehen. Da, der Mann klettert aus dem Häuschen, hält unten wieder lange Ausschau und schlägt sich dann die Arme um die Rippen, um sich zu erwärmen. Willi bohrt seine Augen in die Finsternis, um die Gestalt zu erkennen. Langsam, langsam unterscheidet er ein vollbärtiges Gesicht, ein Jackett und eine Sporthose mit Wickelgamaschen. Nichts von Eisenbahneruniform. Soll er den Mann anrufen? Vielleicht kann der ihm sagen, wo sie sind. Kurz entschlossen lüftet Willi die Schutzdecke weiter und ruft leise: »Kam'rad ... Kam'rad, hier!« Die Gestalt fährt zusammen, setzt zum Sprung an. Nochmals ruft Willi und streckt seinen Oberkörper vor. Die Spannung in der Gestalt des Menschen lässt nach, er kommt näher an die Lore. Willi zieht die Schutzdecke einladend zurück und mit einem gelenkigen Satz ist der Fremde oben. Als die Decke wieder befestigt ist, holt der Vollbärtige eine Taschenlampe hervor und leuchtet Willi an. Das Resultat scheint ihn zu befriedigen. »Auf der Walze?« fragt er. »Nein, ich will nach Berlin«, gibt Willi Auskunft. Der Fremde lacht kurz auf: »Nach Berlin? Wenn es hell ist, sind wir in Köln!«

Die Nachricht ist für Willi ein Schlag ins Gesicht. Köln? Was soll er in Köln, wo er keine Seele kennt? Er war also in entgegengesetzter Richtung gefahren. Soll er jetzt, solange der Zug hält, abspringen? Nein, das ist sinnlos. »Musst du denn unbedingt nach Berlin?« fragt der Fremde. »Ja, nur in Berlin hab' ich einen Kameraden, der mir helfen würde«, erwidert Willi. »Es gäbe schon einen Weg, um schnell und ohne Geld nach Berlin zu kommen. Aber verdammt gefährlich, mein Lieber. Ist schon mancher auf die Schienen gefallen und zu Hackepeter zermanscht worden«, erzählt der fremde Stromer. Willi fragt. Erklärt sich zu allem bereit. Hier, im Rheinland kann er nur vor Hunger krepieren oder sich der Polizei stellen. In Berlin kennt er sich aus. Da ist alles halb so schlimm. Er muss schnell, sehr schnell nach Berlin kommen. Mit einem Güterzug kann es eine Woche und noch länger dauern. Der Fremde leuchtet Willi wieder ins Gesicht.»Augenblick mal, will nur meinen Rucksack aus dem Bremserhaus holen.«

Eben ist er zurück, da pfeift die Lokomotive. Der Zug ruckt an. Mit vereinter Kraft rücken Willi und der Fremde die verkanteten Ballen zurecht, um mehr Platz zu haben. Der Fremde stellt sich als Franz vor. Trotz seines Vollbartes erst dreißig Jahre alt. Franz, Stromer aus Passion, gelüstet es wieder einmal nach Köln, seiner Heimat. Möglich, dass Franz auch in der nächsten Woche nach Berlin kommen wird. Wie kann er das heute schon wissen! Willi erzählt freimütig, dass er aus der Fürsorge geflüchtet ist. Franz hat im Dunkeln irgendeine Beschäftigung. Als die Taschenlampe kurz aufleuchtet, sieht Willi in Franzens Mütze einen Haufen soeben, im Stockdunkeln gedrehter Zigaretten. Verflucht, ist der geschickt! Und dann, als beide rauchen, rückt Franz mit seinem Plan heraus, wie Willi schnell nach Berlin kommen kann. Erst macht er eine kleine Kunstpause, dann sagt er lakonisch:»Mit 'n D-Zug ...«»Arschloch!« entfährt es Willi enttäuscht.»Nee, nee, mein Junge, mit 'n D-Zug!« beharrt Franz.»Aber die Kontrolle, Mensch!« trumpft Willi auf.»Da kommt kein Kontrolleur hin«, lacht Franz behaglich,»der ist nur im Zug. Du aber bist unter dem Zug!« Willi ist starr. Unter dem D-Zug, bei neunzig Kilometer Geschwindigkeit? Ausgeschlossen! Wo soll man da überhaupt bleiben, unter dem Wagen? Wo soll man sich festhalten bei der rasenden Geschwindigkeit?

Franz erklärt jetzt ausführlich. Bereits lange vor Abfahrt, wenn der Zug noch auf dem Abstellgleis steht, muss der *Blinde* unter einen Wagen kriechen und sich auf die Achsen hocken. Hier, einen knappen halben Meter vom Erdboden entfernt, muss ausgehalten werden. Einschlafen bedeutet sicheren Tod. Aber auch faustgroße Schottersteine, die von dem dahinrasenden Zug hochgeschleudert werden, können töten. Oder wenn die Arme und Beine vor Kälte und wegen Mangel an Bewegung erstarren und den Körper nicht mehr auf der Achse halten können ... Rosig sind die Farben nicht, mit denen Franz das Wagnis schildert. Er selbst gibt zu, sich nur im äußersten Notfall dieses Mittels zu bedienen. Seine grauenhafteste Fahrt unter einem D-Zug sei die Fahrt von Warschau nach

Berlin gewesen. Von Warschau nach Berlin unter dem D-Zug! »Für Schlappschwänze ist es bestimmt ungefährlicher, auf einen Güterzug zu jumpen«, schließt Franz. »Ich riskier es«, entschließt sich Willi. Es klingt nicht besonders heroisch, aber es ist ein Entschluss, und Willi wird ihn durchführen. Franz erklärt sich bereit, Willi im fremden Köln unter den richtigen Zug zu bringen, auch bei der Ausrüstung für das Unternehmen will er behilflich sein. Franz setzt die Unterhaltung nicht fort, und Willis Gedanken sind zu sehr mit dem bevorstehenden Wagnis beschäftigt. Der Zug macht sein eintöniges Rattatata ... rattatata ... rattatata ...

Als sie aus einem leichten Schlaf erwachen, dringt durch die Spalten der Schutzdecke schon Tageslicht. Franz quetscht sich durch, um sich zu orientieren. »Wird Zeit, Junge. Sowie der Zug langsamer fährt, müssen wir abspringen. – Wie ist es denn mit der Fahrt Köln–Berlin?« kommt Franz auf ihre Unterhaltung zurück. »Bleibt dabei«, antwortet Willi. Der Zug pfeift und verlangsamt sein Tempo. Noch ist von Köln nichts zu sehen, sie fahren augenblicklich durch ein Wäldchen. Franz gibt Willi Instruktionen, wie er vom Zug abzuspringen hat. Sowie er gesprungen ist, niederwerfen, damit die Bremser sie nicht bemerken. Noch langsamer fährt der Zug. Franz jumpt zuerst und wirft sich gleich nieder. Hinterdrein Willi. Aber er braucht sich nicht erst niederzuwerfen. Das besorgt der Schwung, ziemlich unsanft. Sie wandern querfeldein und kommen bald auf eine Chaussee. Nach einer guten Stunde erreichen sie eine Vorortslinie der Kölner Straßenbahn und bald sind sie in Köln.

Willi hat weder für Köln noch für den Rhein besonderes Interesse. Er will nach Berlin. Franz aber schwelgt in Heimat. Obwohl Franz weiß, dass Willi kaum noch fünfzig Pfennig besitzt, nimmt er ihn mit in seine alte Herberge. Kameradschaft ist dem Vagabunden selbstverständliche Pflicht. In der Herberge erhalten sie eine Koje mit zwei Feldbetten angewiesen, und in der Gaststube erwartet sie eine Riesenschüssel Bohnensuppe mit Schweinefleisch. Willi macht wieder Einwände. »Fress«, entgegnet Franz und teilt das Fleisch ein. Als sie gesättigt sind, kommt Franz wieder auf Willis Reise zu sprechen. »Erst musst du dich ausruhen. Sonst fliegst du nach der ersten Stunde unter die Räder.« Auf Franzens Rat entschließt Willi sich, erst morgen Abend zu fahren. Dann gehen sie in ihre Schlafkoje, um den versäumten Schlaf nachzuholen.

Willi schläft, ohne auch nur aufzuwachen, bis zum Mittag des anderen Tages. Abends will er die Fahrt antreten. Nach dem Essen gehen sie wieder in ihre Koje, um die Vorbereitungen für die Fahrt zu treffen. In knapp fünf Stunden muss er auf der Achse liegen. Franz hat eine alte, dünne Wolldecke besorgt, die er zerschneidet. Willi steht diesen Vorbereitungen kopfschüttelnd gegenüber. Was schneidet der Franz denn da für ellenlange Wickelgamaschen? Und dieser Beutel, den er da näht? Franz stülpt Willi den Beutel über den Kopf und merkt sich, wo hinter dem Stoff die Augen liegen. Zieht den Beutel wieder herunter und schneidet zwei Augenlöcher hinein. Unten werden zwei Bänder angenäht. Endlich erklärt Franz: »Diesen Beutel ziehst du während der Fahrt über den Kopf. Erstens wärmt er. Zweitens, wenn du ihn nicht hättest, kämst du in Berlin mit einer zentimeterdicken Öl- und Schmutzschicht im Gesicht an, und das würde dich verraten.« Den Zweck eines Paares dicker Fausthandschuhe sieht Willi ein. Aber die vielen Stoffstreifen? Franz erklärt weiter, dass, genau wie das Gesicht, die Kleidung total beschmutzt wird. Deshalb Windjacke verkehrt herum anziehen, ebenso die Hose. In Berlin dreht man die saubere und rechte Seite wieder nach außen und fällt nicht gleich auf.

Mit den Stoffstreifen werden unter der Oberkleidung Beine, Schenkel und auch der Oberkörper umwickelt. Wegen der Kälte, mein Junge! Kälte mal neunzig Kilometer Geschwindigkeit! Mit dem dünnen Unterzeug bist du im Nu steif wie ein Brett, hast kein Gefühl mehr in den Gliedern, und die Räder des Zuges zermanschen dich. Gehorsam zieht Willi die Oberkleidung aus und lässt sich mit den Stoffstreifen umwickeln. Nicht zu fest, damit das Blut zirkulieren kann, nicht zu lose, damit die Bandage nicht verrutscht. Hose verkehrt wieder angezogen, Weste und Jackett drüber und verkehrt herum die Windjacke. Prall sitzt sie über dem Jackett. Kurz bevor sie losziehen nach dem Abstellbahnhof muss Willi einige Schnäpse verdrücken. Die sollen Mut und Blut in Bewegung halten.

Nur mit genauester Ortskenntnis ist es möglich, ungesehen an den bereits zusammengestellten Zug, der bald die Fahrt Köln–Berlin antreten soll, heranzukommen. Solange sie noch nicht auf dem Bahnkörper sind, deckt sie das winterabendliche Dunkel. Aber dann heißt es kriechen, rutschen, springen, jeden Zentimeter Schatten ausnutzen. Gott sei Dank, das war geschafft. Sie kriechen die Wagenreihe ab. Nicht zu weit nach hinten, da schleudert es zu sehr. Aber auch nicht zu weit nach vorn, sonst kann es passieren, dass glühender Aschenregen der Lokomotive sich auf das wehrlose Menschenbündel unter dem Wagen ergießt. Hier. Franz hält vor einem Wagen zweiter Klasse. Immer nobel, muss Willi denken. Sie kriechen dicht heran und Franz macht es vor, wie man sich auf die breite Achse zu hocken hat. Dann holt er zwei kurze Riemen aus der Tasche, befestigt sie an irgendwelchem Gestänge unter dem Wagen. So hat Willi zwei Handgriffe zum Festhalten. Wieder macht Franz vor und Willi nach. Jetzt, wo der Zug steht, sieht alles kinderleicht aus. Und in Berlin, belehrt Franz weiter, möglichst schon in einem Vorort flitzen, wenn der Zug keine Einfahrt hat. Auf keinen Fall auf dem Bahnhof türmen, das ist zu gefährlich. Sonst lieber warten, bis der Zug die Reisenden entladen hat und abgestellt wird. »Und nun, toi, toi, toi, Hals- und Beinbruch, mein Junge!« Willi hockt sich zurecht und gibt dem Kumpel fest die Hand. Lautlos verschwindet Franz.

Lange ereignet sich nichts, das auf baldige Abfahrt des Zuges schließen lassen könnte. Dann aber rast eine riesenhafte Schnellzugslokomotive vorbei und rangiert sich vor den Zug. Willi merkt es an dem Stoß, der sich in der Wagenreihe fortpflanzt. Bald gehen auch Menschen vorbei, das Zugpersonal. Und dann setzt sich der Zug langsam mit gedrosselten Kräften in Bewegung. Der Bahnhof ist nahe. Am Rufen und Hasten merkt Willi Kludas, dass sie bereits in der Bahnhofshalle sind. Sehen kann er nur, wenn er seinen Kopf auf die Achse legt und schräg nach oben blickt. Vorbeilaufende Füße, Füße und Beine, die in seinen Wagen einsteigen.

Ein kurzes, metallisches Hämmern kommt näher. Willi drückt sich an das entgegengesetzte Achsenende. Der Zugbegleiter klopft die Räder ab, um am Klang eventuelle Schäden, die bei der hohen Geschwindigkeit zu einer Katastrophe ausarten könnten, festzustellen. Plötzlich kommt so etwas wie ein leiser Wunsch in Willi auf. Wenn sie dich jetzt schnappen, liegst du in einer Stunde auf irgendeiner Gefängnisspritsche. Nicht gerade verlockend, aber ... in einer Stunde kannst du auch schon, wenn sie dich hier nicht kriegen, ein zerfetzter Fleischklumpen sein. Ein eisiger Schauer durchfliegt ihn. Er muss seine zitternden Hände fest an das kalte Eisen pressen, um die Angst zu bändigen. Einen Meter von ihm entfernt unterhält man sich sorglos, trägt Grüße an Onkel und Tante auf. Eine warme, weiche Frauenstimme fleht ihren ›Schatz‹ an, sich um Gottes Willen nicht der Zugluft eines offenen Abteilfensters auszusetzen. Willi sieht einen Damenschuh, den schlanken Ansatz eines Frauenbeines.

Junge, Junge, wenn die wüsste, dass ihr ein Kerl beinahe unter die Röcke sehen kann ... Da muss er lachen, und das Angstgefühl ist weg. Er glaubt sich beinahe ein wenig ungeduldig. Nu haut man bald ab hier, damit wir auf Touren kommen! Wird ja langweilig hier.

»Einsteigen! ... Einsteigen, bitte! ...« Das Zugpersonal hastet von Wagen zu Wagen und schließt die Türen. Die Seidenbeine stellen sich auf die Zehenspitzen, um einen Abschiedskuss entgegenzunehmen. Willi hockt sich endgültig zurecht. Morgen früh bist du in Berlin, Willi. Was anderes gibt es nicht. Sanft kommt der Zug ins Rollen. Langsam gleitet er aus der Bahnhofshalle. Jetzt kommen Weichen, viele Weichen. Da gibt es jedesmal einen Stoß. Auch jetzt fährt der Zug noch langsam, aber Willi merkt, dass er, sowie er die Vorstädte hinter sich hat, losrasen wird. Unter vielerlei Verrenkungen hat Willi es fertig bekommen, sich eine Zigarette anzuzünden. Eine halbe Schachtel Zündhölzer kostete es, ehe die Zigarette unter dem Schutz der aufgeknöpften Windjacke brannte. Nu man los! Ja, nun geht es los! Die glitzernden Speichen der Räder flirren ..., dann ist von Speichen nichts mehr zu erkennen, nur rasend sich drehende Scheiben. Au! Ein kleiner Stein war hochgeschleudert worden. Nun wird es Zeit, sich Franzens Beutel über den Kopf zu ziehen.

Der Zug hat jetzt freie Bahn und saust glatt dahin. Willi spürt nur ganz geringe Erschütterungen, die eher ein gleichmäßiges Wiegen sind. Hände in den schaukelnden Halteriemen, die Beine fest an das Gestänge geschmiegt. Allmählich spürt Willi die immer schneidender werdende Kälte, den messerscharf vorbeipfeifenden Wind. Durch die Augenlöcher des Kopfschutzes dringt dichter Staub. Herum mit dem Beutel, sodass die Augenlöcher hinten sind. Jetzt ist Willi blind. Wozu auch sehen? Wie er sich festzuhalten hat, sagt ihm das Gefühl. Weiter kann er doch nichts tun. Still dahocken und warten, warten, warten. Sich immer wieder sagen, morgen früh biste in Berlin. Sich immer etwas sagen, irgendwas. Zählen von eins bis zehntausend. Oder ein Gedicht aufsagen. Nur nicht eindösen, sonst kann es in der nächsten Minute aus sein. Ein gar nicht so großes Neigen des Körpers nach links oder rechts: aus!

Der eisige Wind bohrt sich tiefer und tiefer in die Kleidung, beißt sich unter die um den Körper gewickelten Stoffstreifen. Der regungslos hockende Körper verliert seine Geschmeidigkeit, erstarrt, wird gefühllos. Willi fühlt nicht mehr, dass seine Hände sich in die Riemen krampfen, er kann die Finger nicht mehr bewegen. Er fühlt überhaupt nicht mehr, dass er auf der Achse hockt. Er spürt nur, dass sein Körper mit ungeheurer Geschwindigkeit fortgeschleudert wird, als sei er aus einer Rakete abgeschossen. Manchmal fühlt er wohl einen dumpf schmerzenden Anprall, wenn ein Stein ihn getroffen hat, aber es ist kein richtiger Schmerz. Er ist förmlich losgelöst von seinem physischen Ich, von Zeit und Raum. Wie lange fährt er denn schon? Ist es eine Stunde, sind es vier Stunden?

An dem Pfeifen des Windes hört er, dass der Zug sein Tempo verlangsamt. Er hebt den Kopfschutz etwas an: Licht und Schatten huschen vorbei, dann poltert der Zug über Weichen. Der Zug fährt in eine große Station ein. Die wenigen Aufenthaltsminuten benutzt Willi, seinen Gliedern auf engstem Raum möglichst viel Bewegung zu verschaffen. Auch seine Lage verändert er. Durch Anlehnen an einen Kasten unter dem Wagen verschafft er sich eine Art Sitzstellung, die ihm erlaubt, auch während der Fahrt seine Glieder etwas in Bewegung zu halten. Er lugt durch den schmalen Spalt zwischen Wagen und Bahnsteig. Nirgends ein Ortsname, ausgerufen wird er auch nicht. Nirgends in seinem beschränkten Blickfeld eine Uhr. Nur Beine sieht er, Beine, die ihm weder das eine noch das andere sagen. »Einsteigen! ...« Der Zug gleitet hinaus und frisst sich schnell und nimmersatt wieder in rasendes Tempo hinein.

Aber wenn du glaubst, Willi Kludas, schlimmer kann es nicht werden ... Wenn du glaubst, man betrügt die Reichsbahn so leicht um das Fahrgeld Köln–Berlin ..., dann irrst du! Warum fielest du über deine dir *wohlwollenden* Erzieher her und entzogst dich dann auch noch der gerechten Strafe? Strafe! Hörst du das Echo des Wortes? Ja, Strafe! Sie trifft dich hier, unter einem dahinfliegenden D-Zug. Hier! Wo du dich, erstarrt zu einem gefühllosen Klumpen, an das noch kältere Eisen klammerst! Nun endlich ist der Widerstand deines Dickschädels gebrochen. Schreie, heule in das Getöse. Die, die einen Meter über dir auf weichen Polstern sitzen, hören es nicht. Dein Freiheitsdrang, dein Sehnen, einmal ein Mädel im Hausflur abzuknutschen, durch die lichterglitzernden Straßen zu gehen als freier Mensch, kein Zögling mehr zu sein, dem man beliebig Ohrfeigen verabfolgen kann. Alle diese Gelüste, die eine *fürsorgende* Erziehung von dir fernhielt, um einen Menschen nach ihrem Geschmack aus dir zu machen, musst du jetzt mit einer Nacht erkaufen, in der der Tod dir nicht eine Sekunde vom Nacken weicht!

Der Zug bockt über Weichen und bleibt widerwillig vor einem gesperrten Einfahrtssignal stehen. Aus einem Abteilfenster lehnt ein Kind und ruft hell und froh in den Morgen: »Mutti ... gleich sind wir in Berlin! ...« Die Kinderstimme in der Stille, das Wort *Berlin* alarmiert in Willi Kludas so viel letzte Energie, dass er unter dem Wagen hervorkriechen kann. Zwischen Schwellenstapeln bricht er zusammen. Der Zug ruckt an und ist bald verschwunden. Noch einmal rappelt Willi sich auf. Hier kann er nicht liegenbleiben. Drüben stehen lange Reihen leerer Waggons auf toten Gleisen. Dahin muss er. Aufrechten Ganges geht es nicht mehr. Kriechend, rutschend wie ein gesteinigter Hund bewegt Willi sich in Richtung der Waggons. Auf dem Weg steht eine Regenwassertonne. Wasser, Wasser für die verdorrte Kehle! Unendlicher Anstrengungen bedarf es, sich an einem Waggon aufzurichten, die Tür beiseite zu schieben, sich in den Waggon zu ziehen und endlich die Tür wieder zu schließen. Fast augenblicklich sinkt Willi in nasses Stroh, das einem Pferdetransport gedient hatte.

Am späten Nachmittag, als schon wieder künstliches Licht das Bahngelände erhellt, erwacht Willi Kludas von einem quälenden Durst- und Hungergefühl. Das Bewusstsein, die furchtbare Nacht hinter sich zu haben, lässt ihn die schmerzenden Knochen überwinden. Im Dunkel des Waggons zieht er sich aus. Entledigt sich der Bandagen, die ihm so gute Dienste geleistet haben, staubt die Hose und Windjacke aus und zieht die Kleidung auf der rechten Seite wieder an. Die Schuhe bearbeitet er mit einem Strohwisch. Dann schiebt er vorsichtig die Tür auf und lugt hinaus. Kein Mensch zu sehen. Im unsicheren Licht der entfernt stehenden Lampen beguckt er sein Gesicht im Spiegel. Herr Gott! Trotz des Kopfschutzes ist das ganze Gesicht mit einer dicken Staubschmiere bedeckt. Vorsichtig pirscht Willi sich wieder an die Wassertonne und bearbeitet Gesicht und Hände mit Sand und Wasser. Ein Blick in den Spiegel sagt ihm, dass er zwar nicht sauber aussieht, aber wenigstens nicht mehr wegen des Schmutzes auffallen wird, wenn er unter Menschen kommt.

Und jetzt heißt es, ungesehen vom Bahngelände kommen. Vorbei an den Stellwerken, an Unterkunftsräumen. Im Schutze eines jeden Schattens kann ein Bahnbeamter stehen. Die Gleise überquert Willi rutschend und kriechend, dann muss er an einem Stellwerk vorbei. Deutlich unterscheidet er zwei hantierende Beamte in dem Raum, aufblitzende und verlöschende rote und grüne Lämpchen. Vorbei. Jetzt eine steile Böschung hinauf, vorsichtiger Satz über einen Stacheldrahtzaun und er steht auf einem einsamen Weg. Ein Passant zeigt ihm die Richtung, in der er zu gehen hat, um eine Straßenbahn nach Berlin zu erreichen.

Berlin, Berlin ... Der Name klingt ihm wie Musik. Als ob ausgerechnet in Berlin ein gedeckter Tisch und ein weiches Bett auf Willi Kludas warten. Zwei Zigaretten hat er noch und fünfundvierzig Pfennig. Eine Zigarette brennt. Nach dem ersten tiefen Zug stöhnt er auf vor Behagen. Ach ist das schön, eine Zigarette. Fast möchte er rennen, um nur bald die Straßenbahn zu erreichen. Aber die wehen Knochen wehren sich energisch gegen jede neue Misshandlung. Also weiter im Schritt.

Gegen halb sieben Uhr steigt Willi in der Müllerstraße aus der Straßenbahn. Er will zu einem Schulkameraden. Vielleicht erlaubt seine Mutter es, dass Willi eine Nacht dort schläft. Drei lange Jahre war Willi nicht in Berlin. Hoffentlich wohnt Otto Pageis auch noch in der Müllerstraße. Welche Hausnummer war es nur? Hier, hier im Haus muss es sein. Da ist ja auch noch der Gemüsekeller, wo sie als Schuljungens die angestoßenen Äpfel und Birnen schnorrten. Im zweiten Hof, vierte Etage, mittlere Wohnung wohnte Otto doch. Aber jetzt steht auf einem Pappstück *Kowalewski*. Trotzdem klopft Willi. Eine schlampige, hochschwangere Frau öffnet. »Pageis ... Pageis, die ham hier jewohnt. Sind aba jeflogen. Sie brachte nämmlich imma so ville Männa mit ruff und det wollte er nich leiden, der Wirt. Und den Otto, den Jungen ham se denn inne Fürsorje jebracht ... ja.« »Otto ist auch in ..., danke schön, Frau ...« Otto Pageis war der einzige in Berlin, zu dem Willi hätte gehen können. Der sitzt jetzt auch in irgendeiner Anstalt und träumt: »Berlin ... Berlin ...«

Unten beim Bäcker kauft Willi sich für seine letzten zwei Groschen Brötchen und würgt sie heißhungrig herunter. Wo unterkriechen für die Nacht? Frage, die Frage bleibt. Lange herumlaufen kann er nicht, das fühlt er. Nichts sieht er von der geschäftigen Hast der Müllerstraße, er stolpert vorwärts. Unbeachtet bleibt der Glanz der nördlichen Friedrichstraße. Willi schwenkt ab und wandert die Spree entlang. Es ist schon halb zehn Uhr. Soll er in den Tiergarten gehen? Er fühlt die Kälte schon im voraus. Aber laufen kann er, kann er nicht weiter.

Am Kronprinzenufer steht die Sandkiste B. A. T. G. 2. Halbgefüllt ist sie. Willi klettert hinein und schließt den schweren Deckel über sich. Die letzte Zigarette raucht er, dann wühlt er sich in den feuchten Sand. Die große Stadt Berlin hat Willi Kludas ein erbärmliches Bett bereitet ... – –

Kapitel 7

ULLI, BULLE einer mit den Blutsbrüdern befreundeten Clique, hat
Geburtstag. Er ist mündig geworden, einundzwanzig Jahre. Das bedeutet
für ihn, dass Fürsorge und Jugendamt alle Schrecken verloren haben.
Also ein großes, langersehntes Ereignis, würdig einer gewaltigen Fete.
Die soll steigen heute Nacht. Ulli hat alle Blutsbrüder feierlichst
eingeladen. Ab elf Uhr sollen in Abständen von fünfzehn Minuten je
drei Blutsbrüder Ecke Koloniestraße und *Straße 80 f. Abt. X. 2.* warten.
Dort werden sie von einem Jungen abgeholt und in den *Festsaal* geführt.
Immer nur drei Mann zur Zeit, damit die Polizei nicht aufmerksam wird.
Die anderen Jungen sollen so lange in einem Hausflur der Koloniestraße
warten, bis an sie die Reihe ist.

Jonny, Konrad und Erwin gehen zuerst. Schlag elf Uhr stehen sie an
dem Laternenpfahl, der das Straßenschild *Straße 80 f. Abt. X. 2.* trägt.
Allerdings: die zu einem Namensschild gehörige Straße gibt es nicht! Ein
gläubiger Thomas säße nach vier Schritten in der von dem Schild
angegebenen Richtung auf einem Stachelzaun, anstatt in eine Straße ein-
zubiegen. Geheimnis des Stadtbauamtes Berlin, warum und zu welchem
Zweck das Schild angebracht worden ist ... Kein Mensch weit und breit.
Häuser sind noch nicht in diese Gegend vorgedrungen. Braches Gelände,
Zigeunerwagen; Lauben, kleine und große; verfaulte Planken und Zäune,
die nur aus purer jahrzehntelanger Gewohnheit noch halbwegs aufrecht
stehen. Hier ist Ullis und seiner Clique Heimat. Eine Gegend wie
geschaffen zum laut- und spurlosen Verschwinden.

Da kommt Ullis Abgesandter. Man kennt sich. Irgendwo ergibt sich
zwischen Draht- und Holzeinzäunung ein Loch. Die vier Burschen tappen hindurch und geraten in abgrundtiefen Modder. Im Gänsemarsch,
der Führer voran, jeder des anderen Rockzipfel fassend, tastet sich die
Gruppe durch die Finsternis. Füße patschen durch kleine Teiche,
verfitzen sich in ausgeweidete Matratzen, stolpern über ausrangiertes
Küchenemaille und Schutthaufen. Über den Weg, der nie ein Weg war,
huscht etwas, das Katze, Kaninchen oder Ratte gewesen sein kann.
Endlich halten sie vor einer dunklen Laube. Der Führer wispert durch
das Schlüsselloch die Parole: *»Kohldampf im Bauch, Brand in der Kehle.«*
Dem Hunger und Durst wird aufgetan.

Der plötzliche Luftzug hat gewaltige Tabaksnebelmassen in quirlenden Aufruhr gebracht. Wie in der Waschküche wogt es durcheinander. Ulli, das Geburtstagskind, nimmt Glückwünsche und kleine Spenden entgegen und fordert zum Platznehmen auf. Langsam gewöhnen sich die neuen Gäste an den Tabaks-Mief. Jegliches Möbelstück ist Fehlanzeige. Es hätte auch gar keinen Platz. Auf dem rohen Bretterfußboden einige Decken und Kartoffelsäcke, auf ihnen sitzen, hocken und liegen die Geburtstagsgäste. An der Wand eine umgestülpte Apfelsinenkiste mit einer meterlangen brennenden Altarkerze. Daneben ein gutes Dutzend gefüllter Schnaps- und Weinflaschen. An der anderen Wand unter einem schalldämpfenden Pferdewoilach[3] ein Grammophon. Der Führer geht, um die nächsten Blutsbrüder zu holen. Auch sie und die letzten beiden Jungen landen glücklich, nachdem man noch einmal in engste Tuchfühlung gerückt ist, auf einem Kartoffelsack. »Wo bleibt denn der Ludwig?« fragt Ulli. Jonny berichtet: »Verschwunden ist er, seit einer Woche. Keiner kann sich einen Vers machen ...« Dass Ludwigs Verschwinden kein freiwilliges ist, steht für alle fest. Die Polizei wird ihn wohl gekascht haben, folgert man.

Sechzehn Cliquenburschen sind in der Laube versammelt. Jemand legt eine Platte auf das Grammophon und deckt den Woilach wieder über den Apparat. *»Hoch soll er leben!«* näselt es unter der Decke. Ovation für Ulli. Eine Flasche Weinbrand kreist in der Runde. Der letzte Junge kriegt nur noch einen schauerlichen Rest. *»Brand in der Kehle«*, Brand in den Kehlen von Jungen im Alter von fünfzehn bis achtzehn Jahren. Nur wenige sind älter. Ist es Renommiersucht, diese Gier nach dem Alkohol? Unmittelbar auf den Weinbrand folgt eine Flasche Pflaumenschnaps. Auch sie geht *ex*. Dann werden Zigaretten herumgereicht. Von draußen wird die Tür aufgeschlossen. Der Posten lässt sich ablösen. Jeder eine halbe Stunde. Eine Tanzplatte animiert alles zum gedämpften Mitsingen und Mitpfeifen.

Flackernd von dem Tabaksrauch leuchtet die Altarkerze. An ihr ist ein Strick befestigt, der, an der Wand entlang, durch ein Loch in der Tür, ins Freie führt. Eine ebenso einfache wie geräuschlose Alarmvorrichtung. Nähert ein Fremder sich der Laube, etwa ein Wächter des Geländes oder gar Polizei, zieht der Posten draußen an der Strippe: die Kerze fällt um.

---

[3] *Pferdewoilach:* Wolldecke

Dunkelheit. Jeder hat sich ruhig zu verhalten. Aber wer soll jetzt mitten in der Nacht kommen? Zur Abwechslung und Stillung des Kohldampfes im Bauch wird Blockschokolade in dicken Pfundriegeln herumgereicht. Jeder schlägt seine Zähne in die hinterlassenen Zahnspuren seines Vorabbeißers. Ulli, der nunmehr Mündige, erzählt von seinem jahrelangen, erbitterten Kampf mit der Polizei, mit dem Jugendamt, mit den Erziehern in den Anstalten. Sie gönnten ihm nicht die Freiheit, die Straßen, die Kneipen, Rummelplätze, die Mädels. Da wehrte er sich. Mit Händen und Füßen ging er gegen seine Feinde vor, die ihn einsperren wollten. »Vor Kohldampf verrecken! Ja, aber wo ich will!«

Draußen werden Stimmen laut. Die des Postens und zwei fremde. Aber die Alarmkerze steht steif und stur. Ulli löscht sie mit einem Griff aus. Gewürge, Gekeuche draußen, Stimme des Postens: »Ulli! ... Ulli, alle raus!« Die Tür ist verschlossen, den Schlüssel hat der Posten. Runter die Fetzen vom verhängten Fenster! Ulli zwängt sich hindurch, ist draußen. Vier andere Burschen folgen. Die werden es schon schaffen. Draußen ein kurzer Überwältigungskampf, fast lautlos. Der Posten ist befreit und schließt auf. Dann bringen die fünf Befreier zwei fremde Burschen in die Laube. Ein neuer Posten zieht auf, die Kerze leuchtet wieder. Ans Licht mit den Jungens. Keine Fremden! Angehörige einer feindlichen Clique, die es auf Ulli abgesehen hatten. Aber sie gedachten Ulli, der auch sonst hier nächtigt, allein zu treffen, um ihm nach Strich und Faden das Fell zu versohlen. Keile? Könnt ihr haben, entscheidet Ulli. Aber Mann gegen Mann! Einen nimmt der angegriffene Posten, den anderen Ulli. Boxkampf natürlich.

Alles quetscht sich an die Wand, um in der Mitte einen Ring frei zu machen. Ulli fängt an. Ein gar zu kurzer Kampf. Das Bedauern ist allgemein. Ein saftiger Schlag von Ullis Faust pfefferte den Gegner zwischen die leeren Flaschen. Eine zerbrach an dem harten Schädel. Ungefährliche, aber stark blutende Stirnwunde. Der Junge ist erledigt. Er presst sein Taschentuch auf die Wunde und lässt sich von seinen Feinden einen Viertelliter Schnaps eintrichtern. Das zweite Paar: beide Burschen fahren wie wild aufeinander los. Keiner hat vom Boxen auch nur einen Schimmer. Sie prügeln und dreschen, dass ganze Haarbüschel fliegen und das obligate Nasenbluten eintritt. Lachen und Witzereißen der Zuschauer. Auch die Kämpfenden grinsen wild mit ihren blutverschmierten Gesichtern. Die Sache wird komisch. Aus, bestimmt Ulli. Er hat

Geburtstag heute und vergibt seinen Feinden. Auch der zweite Bursche bekommt sein gerütteltes Maß Schnaps, dann ziehen sie beide ab. Dass sie das Gelage nicht verraten, weiß jeder. Täten sie es, lägen sie wenige Stunden später mit zerschlagenen Knochen in der Charité. Verrat ist eine Angelegenheit, die nur mit Blut, einer gehörigen Portion Blut bereinigt werden kann.

Weiter mit der Fete! Flaschen kreisen. Eine nach der anderen fliegt geleert in die Ecke. Das Grammophon quäkt unverdrossen. Schwirrendes Durcheinander, das lauter und lauter wird: der Alkohol! Die Jungens am Boden werden erschreckend schnell zu lallenden Kriechtieren. Da grölt jemand ein Wort in das Chaos: »Weiber!« Wie ein Schrei flackert die Gier aller Burschen auf: Ja, Weiber! Ecke Kolonie- und Badstraße stellt die Prostitution ununterbrochen ihre bejahrten Posten aus. Zwei Jungens gehen. Kommen zurück mit einer Frau von reichlich vierzig Jahren. Sechzehn Jungen, die sich wie toll gebärden, und eine Frau. Ulli erledigt sogleich die Kostenfrage, indem er der Prostituierten einen Zehnmarkschein zuwirft: »Für alle!« Jonny, illustrer Gast und Bulle einer befreundeten Clique, eröffnet den grauenhaften Reigen. Dann das Geburtstagskind und alle, alle ... Die Prostituierte liegt auf einem Diwan aufeinandergeschichteter Kartoffelsäcke, raucht eine Zigarette nach der anderen und ist sonst nicht weiter interessiert. Nach einer Stunde hat sie ihre zehn Mark verdient. Sie muss über die Knäuel wie tot daliegender Jungen klettern, um den Ausgang zu erreichen. Still ist es in der Laube. Die Altarkerze beleuchtet ein trauriges Bild ... – –

Kapitel 8

WAS WIRD MIT MIR, fragt Ludwig sich in der Trostlosigkeit der Haft. Und klipp und klar die Antwort: einige Monate Gefängnis für eine Sache, die du nicht gemacht hast, dann Wiedereinlieferung in die Erziehungsanstalt. Also weitere drei Jahre Gefängnis. Was mögen die Blutsbrüder denken, wo er geblieben ist? Er hat keine Möglichkeit, ihnen Nachricht zukommen zu lassen. Nicht ein Lichtblick, wohin die marternden Grübeleien auch tasten. Er wirft sich aufs Bett und beißt krampfhaft in das grobe Leinen des Bezuges. Aber er vermag es nicht einzudämmen, das befreiende hemmungslose Weinen.

Für den durch den Spion an der Tür kontrollierenden Beamten ist dieses Bild altgewohnt. Essen, Trinken, Schlafen, Verrichten der Notdurft und Weinen, vom lautlosen In-sich-hinein-Weinen bis zum hysterischen Geheul. Eine dankbare Sache das, den Häftling sich selbst zermürben lassen, indem man ihm die letzte Fliege, die den Häftling eventuell zerstreuen könnte, aus der Zelle wegfängt. Diese Selbstzerfleischung während der Untersuchungshaft erspart dem Untersuchungsrichter manches ermüdende Verhör. Der mürbe gewordene Eingesperrte gesteht alles und noch einiges mehr, nur, um endlich der modernen Folter der Untersuchungshaft zu entfliehen und vor Gericht gestellt zu werden.

Am nächsten Morgen heißt es für Ludwig: »Machen Sie sich fertig ... kommen ins Untersuchungsgefängnis Moabit.« Mit einem Dutzend anderer Häftlinge wird er in den Hammelstall der Kanzlei bugsiert. Der Beamte ruft an Hand der Akten die Namen auf. Hinter jedem Namen folgt der wenig tröstliche Zusatz: »Gefängnis Tegel« oder »Plötzensee« oder »Moabit«, wie bei dem Aufruf Ludwigs. »Alle raus!« Ins Transportauto, das die Gefängnisrundreise antritt. Durch einen winzigen Lüftungsspalt sieht Ludwig einige Zentimeter Alexanderplatz, und bald ist die erste Station, Moabit, erreicht. Schupos, die das Auto begleiten, übergeben die hierher bestimmten Häftlinge und deren Akten der Gefangenenaufnahme. Noch einmal kann Ludwig durch das parterre gelegene Büro freie Menschen, jagende Autos und bimmelnde Straßenbahnen sehen. Dann wieder die stereotype Aufforderung: »Kommen Sie mit.« Ein glasüberdachter und blumengeschmückter Gang verbindet das Bürogebäude mit dem Gefängnis. Der Beamte schließt eine Tür auf.

Urplötzlich haben Blumen und Freundlichkeit ein Ende. Gefängnis, Halbdunkel grau in grau. Turmhoch, sich im Dunkel verlierend, wächst ein System von Treppen in nackter Eisenkonstruktion. Etage baut sich auf Etage. Zellenhaus reiht sich sternförmig neben Zellenhaus, in der Mitte beherrscht von hoher Aufsichtskanzel, von der bei kleinstem Verdacht Alarm schrillt. Kalfaktoren in blauer Gefängnistracht bohnern blitzende Linoleumbahnen der Korridore noch blitzender. Langsam gleitet der eiserne Bohnerbesen hin und zurück, hin und zurück. Man hat Zeit hier. Jahre oder mindestens viele Monate. Wachtmeister beäugen durch die Spione das zur Strecke gebrachte Wild, aktenbeschwerte Rechtsanwälte eilen in die Sprechzimmer, um sich ihre Klienten Raubmörder oder Devisenschieber vorführen zu lassen. Kleine Trupps Untersuchungsgefangener werden in Reih und Glied ins Bad, zum Arzt oder zur Freistunde geführt. Ein Gefängnis voll hastenden Getriebes,

aber die menschliche Stimme, soweit sie dem Gefangenen Nummer soundso gehört, ist nur ein scheues Flüstern. Ludwig wird zum Hausvater
geführt. Geführt, geführt. Hier in diesem hundertmal gesicherten
Gefängnis macht kein Gefangener außerhalb seiner Zelle auch nur einen
Schritt ohne die in drei Schritt Abstand folgende Staatsgewalt.

»Legen Sie alles auf den Tisch, was Sie in den Taschen haben«, befiehlt
der Hausvater. Auch Hemd und Strümpfe werden Ludwig abgenommen.
Dann prasselt ein förmlicher Segen Anstaltseigentum auf Ludwig ein.
Wolldecken, Bettwäsche, Hemd, Strümpfe, Taschentuch und Halstuch.
Jedes Stück trägt den Stempel des Gefängnisses. Zum Baden. »Haben Sie
Läuse?« »Nein.« Der Hausvater steht dabei, wie Ludwig sich zögernd
entkleidet, und macht sich dann gierig über die abgelegte Kleidung her.
Kehrt die Taschen um, sucht nach Geheim-Taschen, fühlt den Stoff
nach eingenähten Gegenständen ab, guckt in die Stiefel, pirscht nach ver-
botenem Besitz: Bargeld, Messer oder Stricke, die zum Selbstmord
benutzt oder eine Flucht erleichtern könnten. Wirklich, er findet in einem
Taschenwinkel ein vergessenes Bindfadenendchen, mit dem sich
immerhin ein Hals zusammenschnüren ließe. Das Endchen wird konfis-
ziert, registriert und wandert zu den anderen einbehaltenen Sachen. Vom
Baderaum geht es zum Gefängnisvorsteher. Der Gefangenenakt Ludwig
N. wird angelegt. Ein Oberwachtmeister führt den Zugang in eine Zelle,
unterweist ihn in der Hausordnung, im Bettenbauen (sehr wichtig!) und
im Säubern der Zelle.

Die schwere Tür schnappt ins Schloss, Ludwig ist sich selbst
überlassen. Er richtet sein Bett her, betrachtet die drei zerlesenen Bücher
im Wandregal und sieht durch das Gitterfenster einige Quadratmeter
blauesten Sonnenhimmels. Bei diesen Quadratmetern wird es während
der nächsten Monate bleiben. Und dann? Einige Quadratmeter hinzu:
Erziehungsanstalt. Aber schon jetzt weiß Ludwig, dass er in der Anstalt
die erste beste Gelegenheit zur Flucht benutzen wird. Wieder nach
Berlin. Den Saukerl, der ihm die Geschichte mit dem Gepäckschein
eingebrockt hat, muss er wiederfinden!

In den nächsten Tagen wird Ludwig zweimal vom Untersuchungsrichter vernommen. Dann ist der unkomplizierte Fall terminreif. Natürlich
hat der Junge den Gepäckschein samt der Brieftasche gestohlen.
Abführen, Wachtmeister. Auch Besuch kommt zu Ludwig in die Zelle.
Der Arbeitsinspektor fragt, ob Ludwig arbeiten will. Glasperlen aufrei-

hen, wird gut bezahlt. Für zehntausend Perlen in der Größe eines etwas zu groß geratenen Stecknadelkopfes zahlt der Staat immerhin einen Groschen ... wenn der Gefangene nicht bereits nach den ersten fünftausend irrsinnig geworden ist. Weiter kommt der Anstaltslehrer und erkundigt sich nach Ludwigs Bildungsgang, was er gern lesen, ob er sich an einem Unterricht beteiligen wolle. Der evangelische Geistliche verspricht, den katholischen Kollegen zu schicken, und ein Abgesandter des Jugendamtes macht sich eifrig Notizen. Tags darauf wird Ludwig dem Anstaltsarzt vorgeführt. »Haben Sie Tripper, Syphilis?« »Nein.« »Gut, abführen. Der nächste. Haben Sie Tripper, Syphilis?« ...

Für die Mark, deren Erwerb ihn so teuer zu stehen kam, hat Ludwig sich Zigaretten kommen lassen. Fünfzig Stück zu zwei Pfennig. Der Geruch des schlechten Tabaks dringt durch feine Türritzen auf den Korridor in die Nase des schmachtenden Kalfaktors. Er sieht sich um: kein Wachtmeister in der Nähe. Leise klopft er an Ludwigs Zellentür, dann, den Mund an den Spalt gelegt, haucht er in Ludwigs Zelle: »Kamrad, hier ist dein Kalfaktor, hast noch wat zu pusten?« Ludwig bejaht drinnen. »Kannste mir nachher bein Abendbrot nich een paar Zigaretten zustecken? Aba so, det der Wachtmeester nischt merkt.« Ludwig verspricht ihm fünf Zigaretten, gleichzeitig kommt ihm ein Gedanke. Er fragt den Kalfaktor, ob er eine Möglichkeit habe, einen Zettel nach draußen zu schmuggeln. Der Kalfaktor glaubt es zu können, Morgen und Übermorgen würden mehrere gute Freunde von ihm entlassen, die könnten den Zettel mitnehmen. Aber Ludwig hat keinen Bleistift. Er sagt den Text durch den Türspalt, der Kalfaktor soll ihn aufschreiben. *»Jonny, in der Kneipe von Schmidt, Linienstraße. Bin verhaftet wegen Gepäckscheindiebstahl, aber unschuldig. Schicke zu essen und zu rauchen, Ludwig.«* Der Kalfaktor verspricht alles, aber: zehn Zigaretten! Gut. Abends beim Austeilen des Essens gleiten zehn Zigaretten in des Kalfaktors griffbereite Hände.

Drei Tage später. Der Wachtmeister schließt auf: »Kommen« Sie mit zum Hausvater, ein Paket ist für Sie abgegeben.« Jonny hat den Kassiber gekriegt, blitzt es in Ludwig auf. Richtig. Vor den Augen Ludwigs öffnet der Hausvater das Paket. Obenauf liegt ein Zettel, Ludwig erkennt sofort Jonnys Schrift. *»Mein lieber Ludwig, habe durch das Jugendamt von Deinem Unglück gehört und schicke Dir zu essen und zu rauchen. Es denkt immer an Dich Deine Tante Else. Auch Onkel Jonny lässt grüßen.«* Der Hausvater lässt den harmlosen Zettel unbeanstandet und überprüft den Inhalt des Paketes sorgfältig auf versteckte Kassiber. Er findet aber nur Kuchen, Schokolade, Wurst, Zigaretten und eine Tüte Zucker. Ludwig, als Untersuchungsgefangener, darf alles mit in die Zelle nehmen. Nicht nur der Besitz der Lebensmittel macht ihn so glücklich, so strahlend froh. Nein, die Tatsache, dass die draußen, dass Jonny und die anderen Jungens an ihn denken und sofort nach Erhalt des Kassibers das Paket schickten, dass sie ihn nicht links liegen ließen, wo er nicht mehr unter ihnen war, das macht ihn so froh. Behutsam legt er Kuchen, Wurst und alles andere in das Wandschränkchen. Und von den hundert Zigaretten soll der Kalfaktor noch einmal zehn Stück für die prompte Besorgung haben. Auch von den anderen Sachen will er ihm, wenn der Wachtmeister es erlaubt, abgeben.

Eben will er die Zuckertüte aus dem Karton nehmen, etwas ungeschickt fasst er zu: die Tüte öffnet sich, der weiße Zucker regnet in den Karton. Halb so schlimm. Nein, gar nicht schlimm! Gut, dass es so kam! Ludwig hält die leere Tüte und guckt mit großen Augen in sie hinein. Das Innere des Tütenpapiers ist beschrieben! Jonnys Handschrift. Die Tüte ist ein fabelhaft ausgeknobelter Kassiber. Mit dem Rücken lehnt Ludwig sich an die Zellentür: so kann ihn niemand durch den Spion beobachten. Dann löst er die Tüte vorsichtig an den Klebestellen auseinander. *»Was ist los mit Dir, alter Junge? Was für ein Gepäckschein? Der Zettel, den Du uns schicktest, ist unverständlich. Warum bist Du hochgegangen? Weil Du aus der Fürsorge getürmt bist? Oder hast Du wirklich etwas mit einem Gepäckschein angestellt? Besuchen können wir Dich ja nicht. Erstens weil wir keine Verwandte sind, und dann, besser ist besser, nicht? Lass auf jeden Fall auf demselben Weg von Dir hören. Schreibe aber nicht direkt an uns, damit die Polizei nicht von uns erfährt. Wenn sie Dich wieder in die Fürsorge bringen, türme, türme! Wir erwarten Dich. Dein Jonny, auch Tante Else genannt, und alle Blutsbrüder.«*

Ludwig liest den Kassiber, bis er ihn auswendig aufsagen kann, zerreißt die Tüte und wirft die Fetzen in den Abort. Die Jungens! Ach, die Jungens! Und der Jonny! Das sind doch Kameraden! Die denken an einen, wenn man im Dreck sitzt. – Bei der Mittagausgabe will er dem Kalfaktor die zugedachten Zigaretten zustecken. Verdammt! Es ist ein anderer. Wer weiß, ob dem zu trauen ist. Nun ist es Essig mit weiteren Nachrichten an Jonny.

Drei Wochen vergehen im ewigen Einerlei der Gefängnishausordnung. Da wird ihm die Anklageschrift des Jugendgerichtes zugestellt. Diebstahl einer Brieftasche; Inhalt: Ausweise auf den Namen Soundso, neunzig

Mark baren Geldes und ein Gepäckschein. Ferner intellektuelle Urkundenfälschung, weil er das Protokoll mit einem falschen Namen unterzeichnet hatte. Vergehen und Verbrechen nach Paragraphen ... Einige Tage später folgt bereits die Ladung zum Termin vor dem Jugendgericht in der Neuen Friedrichstraße. Einen Tag vor dem Termin heißt es wieder: »Machen Sie sich fertig, Sie kommen zum Polizeipräsidium.« Abmeldung beim Vorsteher, Abgabe der Anstaltssachen. Dann wieder Transportauto, Hammelstall im Präsidium, Aufnahmezelle und Einzelzelle. Am nächsten Morgen: »Machen Sie sich fertig, Sie werden zum Termin geführt.«

Ein unterirdischer Gang verbindet das Präsidium mit dem Jugendgericht. »Geben Sie den Diebstahl zu?« »Nein.« Beweisaufnahme. Zeugen. Der Bestohlene, der Beamte der Gepäckaufbewahrung und der Schupo, der ihn verhaftet hatte. Auch ein Vertreter der Jugendbehörde ist zugegen. Alles klappt reibungslos. »Der Herr Staatsanwalt, bitte.« »... Deshalb beantrage ich ..., zusammenzuziehen in eine Gesamtstrafe von vier Monaten Gefängnis.« »Angeklagter?« »Ich war es nicht, Herr Richter, der Fremde gab ... « »Haben Sie sonst noch etwas zu sagen?« »Nein.« »Das Gericht wird beraten.« »Im Namen des Volkes: Vier Monate Gefängnis unter Anrechnung der Untersuchungshaft ... dreijährige Bewährungsfrist, Überweisung an die Fürsorgeanstalt in H. ... Angeklagter, nehmen Sie das Urteil an?« Ludwig überlegt. Nimmt er nicht an, bleibt er weiter in Haft. Nein, nur raus, wenn auch in die Anstalt. »Ich nehme es an.« »Rechtskräftig um elf Uhr vier Minuten.« – Zurück zum Präsidium, in die Zelle. Nun kann Ludwig warten, bis er nach H. transportiert wird. – –

Kapitel 9

ES MAG HERRLICH SEIN, sich am Ostsee- oder Wannseestrand den nackten Bauch mit sonnendurchglühtem rieselnden Sand bepacken zu lassen. Aber in einer Winternacht nur feuchtkalten, klumpigen Sand als Kopfkissen, als Unterbett und auch als Decke zu haben, ist so entsetzlich, dass es selbst einem mit allen Elendswassern gewaschenen entsprungenen Fürsorgezögling unmöglich ist, in diesem ›Bett‹ auszuharren. Zumal wenn der Entsprungene Willi Kludas heißt und eben die Schreckensnacht Köln–Berlin überstanden hat. Ohne auch nur eine Minute geschlafen zu haben, klettert er morgens vier Uhr wieder aus dem

Sarg am Kronprinzen-Ufer. Steht da, krumm und lahm vor Kälte wie ein gichtiger Greis. Still und schwarz liegt die Spree da, der Lehrter Bahnhof, das Lessing-Theater. Nirgends eine Spur menschlichen Lebens.

Er entsinnt sich, dass in der Zentralmarkthalle am Alexanderplatz um diese Morgenstunde stets Hilfskräfte zum Transportieren der Waren gebraucht werden. Vielleicht kann er da ein paar Groschen verdienen.

Die Prachtstraße Unter den Linden steht auch dem abgerissensten Vagabunden offen, er darf jetzt sogar durch das *Kaisertor* des Brandenburger Tores gehen, wenn es ihm Spaß macht. Dafür hat die Republik gesorgt. Extrawürste werden nicht mehr gebraten. Wir sind alle gleichberechtigte Bürger.

Vor den Eingängen zur Markthalle stehen die Burschen in ganzen Rudeln und warten darauf, von einem Händler für eine oder zwei Stunden als Helfer angenommen zu werden. Immer geringer werden die Chancen. Die Händler klappern nicht mehr so mit dem Silbergeld. Sie schuften und rackern sich allein ab, weil sie die Groschen für den Helfer selbst dringend genug brauchen. Ohne seine Leidensgenossen zu beachten, steht Willi Kludas herum und glaubt selbst nicht, dass es ihm gelingen wird, hier etwas zu verdienen. Da ruft aus der Halle eine Händlerin: »Ein Mann ..., hierher!« Willi stürzt hin, ihm nach das ganze Rudel. Alle scharen sich um die Händlerin. Stimmen aus dem Rudel werden laut und drohend: »Wat will denn der hier? Det is ja een Fremder ..., uns de Arbeet wechnehmen ...!« Ein Rippenstoß trifft Willi. »Hau ab, Mensch! Woll lange keene Keile jekricht, wat?« Man versucht, Willi abzudrängen. Im ersten Augenblick gelingt es. Willi ist in dem Rudel untergetaucht, die Händlerin hat schon einen Burschen angenommen. Auch jetzt noch drängt die Horde Willi immer weiter zum Ausgang. Da packt ihn sinnlose Wut. Mit einem Satz springt er auf irgendeinen Burschen zu und hat ihn durch die Wucht des Anpralles niedergeworfen. Wutgeheul des ganzen Rudels. Zwei andere Burschen springen ihrem Kameraden bei. Blindlings schlägt Willi zu, wohin er nur trifft. Er fühlt, wie ihm das Blut aus der Nase spritzt. Macht nichts. Seine Fäuste prallen in die Gesichter seiner drei Angreifer. Die ganze Verzweiflung der letzten Nächte entlädt sich in einem hemmungslosen Wutrausch.

Plötzlich gerät die zuschauende Horde in Aufruhr. Alle, auch Willis Angreifer, flüchten durch die Halle in Richtung eines anderen Ausganges. Keuchend und blutwischend steht Willi da. Warum haben die so plötzlich aufgegeben? Da sieht er zwei Marktpolizisten auf sich zukommen. Verflucht! Weg! Der nächste Stand mit seinen Korb- und Kistenpyramiden hat ihn schon den Blicken der Polizisten entzogen. *Wenn sie dich hier schnappen, ist es aus mit der Freiheit, Willi!* Er rennt und rennt. Die wohlgenährte Gemütlichkeit der Polizei hat ihre Aktion schon lange aufgegeben. Auf der Toilette des Bahnhofes Alexanderplatz reinigt Willi sich von seinem Blut. Die Keilerei, das Blut haben ihn in eine rabiate Stimmung gebracht. Für ein paar Scheiben Brot könnte er einen Menschen niederschlagen, wenn er das Brot nicht gutwillig hergäbe.

Es ist Tag geworden. Die wenigen, die noch nicht zu dem Hungerheer der sechs Millionen gehören, eilen auf ihre Brotstelle. Nur nicht zu spät kommen. Der Chef könnte schlechte Laune haben. Die Warenhäuser, die Läden öffnen ihre bis zum Platzen mit Ware angefüllten Magazine. Die Verkäufer ziehen die Rollläden vor den Schaufenstern hoch, wo alles so verführerisch aufgebaut ist, dass dem Beschauer das Wasser im Munde zusammenläuft. Aber das Wasser im Munde sättigt nicht, das Beschauen sättigt nicht, der Geruch der Lebensmittel, der durch die offene Tür auf die Straße dringt, sättigt nicht! Alles macht den Hungrigen nur noch wütender, toller vor Verlangen, sich den Bauch vollzustopfen mit dem Überfluss der anderen! Willi Kludas steht plötzlich in einem Lebensmittelgeschäft. Er weiß nicht, wie er hereingekommen ist. Dicht vor dem gläsernen Ladentischaufbau mit der Fülle der Würste und Braten, der Käse und Speckseiten, der appetitlich arrangierten Salate und Fischkonserven steht er. Der Verkäufer fragt. Willi fordert ... Ein Brot, ja, erst einmal ein Brot, ein großes, ganzes Brot. Dann Butter, ein Viertelpfund, hier, von der Wurst auch. Von dem Schinken. Eine Dose Halberstädter Würstchen, eine Büchse Sardinen ... Der Verkäufer schneidet ab, klopft die gelbe Butter zu einem peinlich genauen Rechteck und verziert es noch mit dekorativen Kerben.

Willi kommt zur Besinnung. Was tut er hier? Was bestellt er für mindestens fünf Mark? Er hat doch kein Geld! Nicht einen Pfennig. Er ruft dem Verkäufer zu: »Geld vergessen ... gleich wieder hier« und rennt die Straße hinauf. Durcheilt die endlosen Straßen, die grauen Proletarierstraßen. Mit ihm der Hunger, der wütender, immer wütender wird. Bald steht Willi wieder vor den Fenstern eines Lebensmittelgeschäftes, stiert in die Auslagen, bis alles vor seinen Augen verschwimmt. Soll er in die Läden gehen und betteln? Langsam setzt er den schweren Schritt in eine

Bäckerei. Ist noch an der Tür, da empfängt ihn schon die Stimme einer rosigen Verkäuferin: »Wir geben nichts!« Die sehen es dir schon an, Willi, dass du nicht für einen Groschen Schrippen kaufen kannst.

Mit großen Schritten überquert er die Straße und geht, ohne auch nur eine Sekunde zu zögern, in ein Buttergeschäft. Er ist der einzige ›Kunde‹. Auf dem Ladentisch, griffbereit, protzt ein ganzer Berg billiger Wurst. *Ausnahme, Pfund nur 88 Pfg.* Willi fordert ein halbes Pfund Butter. Öffnet seine Windjacke und das Jackett. Die Verkäuferin wendet sich dem Butterfass zu. Mit einem Griff hat Willi einen Wurstring, im gleichen Augenblick zieht er den Leib ein, stopft die Wurst in die Hose und rennt aus dem Laden. Hört nicht das Schreien der Verkäuferin, rast um die Ecke, läuft auf die andere Seite, wieder um die Ecke, fliegt durch ein Labyrinth von Straßen. Endlich wagt er es, sich umzublicken. Niemand verfolgt ihn. Niemand beachtet ihn. Er geht weiter, vor seinem hohlen Bauch sitzt die gestohlene Wurst. Plötzlich springt er auf einen vorüberfahrenden Omnibus. Als der Schaffner im Wagen kassiert hat, springt Willi wieder ab. Jetzt kann er es wagen, die Wurst zu verzehren.

In einem Treppenhaus holt er sie hervor. Sie wiegt vielleicht zwei Pfund. Dann hast du für 1,76 M. Wurst gestohlen, nein: geraubt, Willi! Jetzt aber Schluss mit den Meditationen! Die Hände reißen den Ring in zwei Teile. Die Zähne schlagen in Fleisch und Fett, kauen und zermalmen wollüstig die etwas talgige Masse. Die Augen schließen sich vor animalischem Behagen, durch die Nase kommt ein Schnaufen und Grunzen. Eine vierköpfige Beamtenfamilie der unteren Gehaltsstufen würde eine ganze Woche mit der Wurst haushalten müssen. Aber so ein Dieb, so ein Räuber, der das Geld nicht zu erarbeiten brauchte, frisst die zwei Pfund auf einen Ritt ... Mit dem halbwegs gefüllten Bauch kommt auch die Angst vor den Folgen der im Hungerwahn begangenen Tat. Scheu drückt Willi sich durch die Straßen, fragt sich, wo das nächste Essen herkommen soll. Wieder stehlen? Nein, nein! Lieber krepieren, lieber zum nächsten Polizisten gehen und sich festnehmen lassen. Wo wird er schlafen? Eine schlaflose Nacht unter dem D-Zug, eine in der Sandkiste ... Ins Asyl kann er nicht gehen. Da verlangen sie Papiere. Und eine Herberge nimmt wenigstens fünfzig Pfennig für die Nacht. Fünfzig Pfennig muss er haben, dann ist alles gut. Dann kann er eine Nacht schlafen, und ausgeschlafen ist alles nicht mehr so hoffnungslos.

Fünfzig Pfennig. Woher? Hätte er nur irgendetwas, das er verkaufen könnte. Die Windjacke? Vielleicht gibt ihm ein Jude fünfzig Pfennig dafür. Aber jetzt, wo kaum der Winter begonnen hat, ohne Mantel, ohne Jacke? Vielleicht noch eine Nacht im Freien? Die dritte Nacht ohne Schlaf? Nein, die Jacke wird verkauft. Wenn sie nur jemand nimmt. – Schon dem ersten Händler ist sie nicht mehr gut genug. »Verkaufen Sie sie doch an einen Arbeitslosen, in der Wärmehalle«, rät der Händler. »Wärmehalle, wo ist denn die?« fragt Willi. »Na, hier, Ackerstraße Ecke Elsasser Straße, in dem Straßenbahnschuppen, Sie werden schon sehen.«

Gibt es Trostloseres, als diese Wärmehalle im ausrangierten Straßenbahnschuppen? Bereits die Uhr auf dem Hof sagt alles: sie steht seit Jahren auf ein Uhr vierzehn Minuten. So, wie der letzte Frierende die Halle im Vorjahr verlassen hat, präsentiert sie sich wieder: grauenhaft in ihrem Schmutz, ihrer Unhygiene. Bereits in den Vormittagsstunden ist die Halle überfüllt. Gleich am Eingang zwei, drei rohgefügte Tische und Bänke. An einer Kaffeeklappe gibt es für fünf Pfennig einen Topf Kaffee und für weitere fünf Pfennig zwei trockene Schrippen. Blinde, nie geputzte Fensterscheiben, vom Steinfußboden wirbelt trockener Staub auf. Wahrhaft, ein gesunder Aufenthalt für die vielen tuberkulosekranken Wärmesuchenden. Ein kurzer Gang führt in die eigentliche Wärmehalle. Ja, warm ist es hier. So warm, dass es infernalisch stinkt! Die Ausdünstungen hunderter ungewaschener Körper, zertragener, verschmutzter Kleidung und die Wolken schlechten Tabaks brodeln, kochen in der Hitze.

Der ganze Raum ist in die Lieblingsfarben der Berliner Wohlfahrtsinstitutionen gekleidet: graugrüne Kalkfarbe, dunkelgrüne Ölfarbe. Zerschlissen, zerwetzt, abgeschabt und beschmutzt von tausenden anlehnenden Menschenrücken. Durch das staubbelegte Glasdach dringt spärlich und angekränkelt das Taglicht. Im Raum verteilt drei, vier glühende Öfen, lange Rohre führen die Wärme überall hin. An den Wänden, in der Raummitte, links und rechts Gänge freilassend: Bank an Bank. Einige schmutzigklebrige Türen führen zu den Frauenaufenthaltsräumen und zur Toilette. Das ist alles. Nicht die geringste Ausschmückung, nicht die billigste frohe Farbe in dem Wohlfahrtsgraugrün. Überall Schmutz, Staub, Papierabfall. Zeichen jahrelanger Benutzung, Zeichen mühsam übertünchten Verfalls. Zwischen all dieser verzweifelten Trostlosigkeit, der auf dreißig Grad erhitzten Unhygiene, genießend das Geschenk der Stadt Berlin an ihre elendesten Bürger: Hunderte von Burschen und Männern. Auf den Bänken liegen und sitzen sie, dicht an dicht. Die

Gänge aber sind so vollgepfropft, dass es nur unter Zuhilfenahme beider Arme gelingt, vorwärts zu kommen.

An den Wänden große Inschriften: *Handeln strengstens untersagt.* In den Gängen wird nur gehandelt, sie sind eine einzige Altkleiderbörse. Ein Lumpen-, ein Abfallbazar. Jeder, aber auch jeder der Armen möchte dem anderen Armen etwas verkaufen, etwas tauschen. Denkbares, Undenkbares. Altes und Neues wird angeboten: Schuhe, Strümpfe, Hemden, Unterhosen, Kragen, Schlipse, einzelne Hosen und Westen und ganze Anzüge, Sommermäntel, Wintermäntel und Joppen, Herren- und Damenhüte und -wäsche. Zerlesene Schundliteratur und schlechte Zigaretten, billiger Zuckerkram und erbettelte Stullen. Alles, alles. Sogar vor dem menschlichen Körper macht das Angebot nicht halt. Auf der Toilette bieten sich junge Burschen für zwanzig Pfennig oder eine Handvoll Zigaretten an. An der auf den überdachten Hof führenden Fensterseite sitzt eine Schicht Männer, die sich absichtlich von dem Trubel fernhält. Unter ihnen ist kein Junger. Männer von vierzig Jahren und auch viel älter. Sie alle haben irgendeine Beschäftigung. Einer sitzt in wieder und wieder geflickter Unterhose und stichelt an seiner Überhose herum. Mehrere der Männer nähen an ihrer Kleidung. Ein Alter, von langen Arbeitsjahrzehnten krumm und schief geworden, versucht, seine lädierten Schuhe wieder in Form zu bringen. Mit rührender Geduld piekt er mit der Scherenspitze Löcher in das Oberleder und näht den Riss mit dünnem Draht zusammen. Hier wird verbissen Karten gespielt, dort Rätsel gelöst. In einer Ecke tagt ein aufgeregter Debattierklub.

In den Gängen schiebt und drängt ein Händler den anderen. Einer ruft: »Eine Weste, tadellos, fünfunddreißig Pfennig!« Ein Interessent bleibt stehen. Wo hat der Händler die Weste? Er trägt sie noch auf dem Leibe. Der Interessent kreist um den Träger und beguckt die Weste genau, bekrittelt und bemängelt und bietet fünfundzwanzig Pfennig und drei Zigaretten. Das Geschäft geht in Ordnung. Der Verkäufer zieht die Weste aus und bedeckt die Blöße mit dem zugeknöpften Jackett. Ähnlich verfährt ein Junge mit seinen noch guten Schuhen. Er zieht sie aus und tauscht sie für ein Paar jämmerlich zerrissene und eine Mark in bar. Niemand wundert sich über den Tausch. Jeder versteht nur zu gut: eine Mark baren Geldes bedeutet ein Brot und ein halbes Pfund Margarine. Sogar Bankgeschäfte werden in der Wärmehalle getätigt. Jemand braucht eine Mark. Ein anderer gibt sie ihm. Als Pfand behält er die Stempelkarte des Schuldners. Am morgigen Zahltag treffen sie sich im Kassenraum des Wohlfahrtsamtes, und der Gläubiger lässt seinen Schuldner nicht eher wieder aus den Augen, bis er seine Mark und die ausbedungenen fünfzig Pfennig Zinsen hat.

Im Vorraum zieht Willi Kludas die Windjacke aus, geht in den Aufenthaltsraum und mischt sich unter die Händler im Gang. Einige Minuten guckt er seinen Kollegen den Dreh ab, dann ruft er in das Stimmengewirr: »Eine Windjacke, tadellos und fehlerfrei, eine Mark!« »Eine Mark für die tadellose Windjacke, zehn Groschen für den Mantelersatz!« Nach einigen zwanzig Minuten ist er mit einem Interessenten in einem erbitterten Ringen um den Preis. Willi will zehn Groschen haben, der Käufer will nur neun anlegen. Ergrimmt über so viel Halsstarrigkeit zieht der junge Arbeitslose die Jacke an. Zum Glück passt sie gut. »Na?« »Eine Mark«, antwortet Willi unbewegt. Dabei war er anfangs entschlossen, die Jacke für die Hälfte wegzugeben. »Hier haste deine Mark, olla Dickschädel!« Wohl selten ist eine Mark so grenzenlos glücklich betrachtet worden. Er presst das Geldstück in die Handfläche und steckt die Faust in die Hosentasche. Eine Mark! Fünfzig Pfennig für Schlafgeld, zwanzig Pfennig für zehn Zigaretten? Ja! Für zehn Pfennig alte Schrippen, weil alte billiger sind? Ja! Bleiben zwanzig Pfennig für morgen. Die Zigaretten bekommt er gleich bei seinem Händlerkollegen. Zehn Stück für zwanzig Pfennig. Scheußliche Kratzer, aber sie qualmen, schmecken nach Tabak und machen zufrieden.

Der Bäcker in der Ackerstraße, an Wärmehallenkundschaft gewöhnt, gibt für den Groschen acht alte Schrippen und zwei zermanschte Kuchenstücke. »Danke auch schön«, sagt Willi ganz glücklich. Sogar Kuchen. Ob zermanscht oder in Form ist dem Magen doch ganz schnuppe. Aber Willi opfert noch weitere fünf Pfennig. An der Kaffeeklappe in der Wärmehalle holt er sich einen Topf heißen Milchkaffee dafür. Seit Köln hat Willi nichts Warmes gehabt. Langsam, genießerisch setzt er sich mit selig lächelndem Gesicht an den schmutzigen Tisch und schabt erst einmal Wurstpellen, Zigarettenstummel und zerknülltes Papier zur Erde. Reinen Tisch für die Kuchenstücke. Er baut die formlosen, aber darum nicht weniger wohlschmeckenden Klumpen vor sich auf. Die kommen zuletzt. Als Nachtisch. Erst werden vier Schrippen verdrückt. Während die Zähne sich in die harten Schrippen arbeiten, muss Willi plötzlich wieder an die gestohlene Wurst denken. Ihm quillt der Bissen im Mund auf. Warum ist er nur nicht gleich auf die Idee gekommen, seine Jacke zu verkaufen? Dann hätte er nicht zu klauen brauchen. Hat sicher einen schönen Schreck gekriegt, die Verkäuferin. Und jetzt muss die sicher für den Schaden aufkommen ...

Der heiße Kaffee rinnt ihm wie Feuer durch die Kehle. Ach, ist das gut, endlich mal wieder was Warmes. Und jetzt, jetzt kommt der Kuchen an die Reihe. Kuchen? Wann hat er den zuletzt gegessen? In der Anstalt gab es an ganz hohen Feiertagen Stollen. Für jeden zwei, drei Scheiben. Und die schmeckten auch wie Brot, das neben einem Zuckersack gelegen hatte. Aber hier! Das ist Kuchen! Obenauf was Rosiges, Weiches, wie Schlagsahne. Und innen ist Kremfüllung! Netter Kerl, der Bäckermeister. Und alles für einen Groschen. Jetzt eine Zigarette angezündet und dann in den Aufenthaltsraum, ganz nahe an einen glühenden Ofen. Bis drei Uhr ist geöffnet. Beinahe noch zwei Stunden kann er sich wärmen.

Willi setzt sich neben einen Jungen, fast noch ein Kind, fünfzehn, sechzehn Jahre alt. Gierig sieht der Kleine auf Willis Zigarette. Willi fühlt die Blicke und hält dem Jungen die Tüte hin. Als Gegenleistung fühlt der Kleine sich verpflichtet, aus dem elenden Leben seiner jungen Jahre zu erzählen. Obwohl er hier seine Mutter hat, wohnt er nicht bei ihr. Lieber drückt er sich in Wärmehallen und nachts in Herbergen herum. Warum, erkundigt Willi sich. Hart und grausam kommt es aus dem kindlichen Mund: »Meine Mutter, die is 'ne Nutte. Die geht anschaffen, und denn hat se auch noch unsere einzige Stube an zwei andere Nutten vermietet. Und die bringen nu alle ihre Kerls mit rauf, meine Mutter auch ... Und hinter ein Vorhang sollte ich schlafen dabei ..., da bin ich lieber abgehaun ...« Willi fragt, ob seine Mutter ihn denn wenigstens mit Geld unterstütze. »Ach, die versäuft alles. Rum trinkt sie immer. Bloß immer schieren Rum ... Und jetzt is se in 'n Krankenhaus: Siffelis hat se.« »Wo schläfst du denn heute Nacht?« erkundigt Willi sich. »Heute wer ich woll bei die schlesische Olga gehn, die nimmt nur vier Groschen.« »Kann ich da auch schlafen? Hab auch keine Bleibe.« »Na klar, Mensch.« »Wo können wir bleiben, wenn hier geschlossen wird?« fragt Willi weiter. »Och, da gehn wir bis halb neune studiern inne Stadtbibliothek. Da is es auch warm. Da kannste Zeitung lesen und Romanbücher, hast einen Stuhl und schön hell is es auch.« – Um drei Uhr, als die Wärmehalle geschlossen wird, geht Willi mit seinem neuen Freund, der auch Willi heißt, in der Stadtbibliothek ›studieren‹.

Der Bibliothek im ehemaligen Marstallgebäude ist ein Zeitungslesesaal angegliedert, dessen Benutzung jedem freisteht. Im Winter erfreut sich der Lesesaal so großer Beliebtheit, dass sehr oft wegen Überfüllung zeitweilig geschlossen werden muss. Hier ist es behaglich warm. Der hohe weiße Saal strahlt Licht und Sauberkeit. Alle Wände sind eng mit Zeitungen behängt. Ein Aufsichtsbeamter sorgt dafür, dass der Charakter einer Nachmittagswärmehalle nicht zu offensichtlich wird. Eingeschlafene werden mit vorwurfsvoll tippendem beamteten Zeigefinger auf das Verwerfliche ihres Verhaltens hingewiesen. Der also Gebrandmarkte bekommt je nach der Dickfelligkeit einen roten Kopf und vertieft sich mit dreifachem Eifer in den Fortsetzungsroman der Zeitung. Der kleine Willi kennt sich hier aus. Er holt den *Simplicissimus*[4] und die *Jugend*[5], und dann schmökern sie. Willi Kludas fällt es schwer, wach zu bleiben. Er sehnt sich nach einer Matratze der schlesischen Olga.

Punkt acht Uhr fünfundvierzig Minuten mahnt der Aufsichtsbeamte zum Weghängen der Zeitungen. Einige Minuten später stehen viele der Leser in der stillen *Breiten Straße* und wissen nicht, wohin. Eine qualvolle Nacht planlosen Umherirrens liegt vor ihnen. Bis um sieben Uhr die Wärmehalle in der Ackerstraße den bereits Harrenden die Tore öffnet.

Die schlesische Olga ist Inhaberin einer Kellerwohnung im Osten Berlins. Zwei Hinterräume hat sie als wenig komfortable, aber billige Herberge eingerichtet. Wenn man die Auslegung einiger Strohsäcke in sonst leeren Räumen als Einrichtung bezeichnen darf ... Aber was soll die Schlummermutter für vier Groschen mehr bieten? Der kleine Willi führt den älteren Kameraden in einen der typischen stinkenden Höfe, wie Berlin sie zu Tausenden aufzuweisen hat. Feuchtkalter Fäulnisgeruch umweht sie, als sie die ausgetretenen Stufen abwärts steigen. Die schlesische Olga sitzt neben ihrem Küchenherd und stopft und stichelt an Männerhosen herum. Hosen ihrer Schlafburschen. Wann sollte die

---

[4] *Simplicissimus*: satirische Wochenzeitschrift, erschien 1896 bis 1944 in München. Die Zeitschrift zielte auf die wilhelminische Politik, die bürgerliche Moral, die Kirchen, die Beamten, Juristen und das Militär.

[5] Die *Jugend* war eine ebenfalls in München von 1896 bis 1940 erscheinende illustrierte Wochenschrift für Kunst und Literatur. Sie wurde zum Namensgeber der Kunstrichtung *Jugendstil*, was ihren Einfluss verdeutlicht.

Kleidung genäht werden, wenn nicht jetzt? Jetzt, wo die Träger der Hosen unter eine dreckige Decke schlafen gekrochen sind.

Hat ein Schlafbursche die nötigen vier Groschen durchaus nicht zusammen bringen können, lässt Olga dann und wann ein Wort mit sich reden. Aber nur, wenn der Junge ihr gefällt ... Aber Olga ist nur noch ein Haufen rasselnder Knochen. Ihre Nachgiebigkeit in Bezug auf das Schlafgeld ist deshalb sehr gefürchtet bei den Jungens. Selten traut sich einer ohne Geld in die Herberge, er weiß, was ihm blüht ... »Abend, meine Kinderchen«, begrüßt Olga zierlich die beiden Jungen und kriecht mit den schwachen Augen auf die zerwetzte Hose zurück. Jeder zählt seine vier Groschen auf und kann sich dann ohne weitere Präliminarien einen Platz zum Schlafen suchen. In den Schlafräumen funzelt ein erbärmliches Petroleumlämpchen. Auf den schmutzigen Tapetenresten an den Wänden wuchert und gedeiht der Schwamm, und scharfe Augen sähen auch in Höhe der Strohsäcke unzählige eklige Blutflecken von zerquetschtem Wanzengetier.

Burschen, Männer und Greise liegen zusammengekrümmt auf dem Lager und verschlafen den Jammer ihrer Existenz. Burschen, aus deren schlafoffenen Mündern noch Milchzähne glänzen. Männer, deren gesunde Arme sich ein besseres Lager erarbeiten könnten. Greise, deren erbarmungswürdige Hinfälligkeit ein besseres Lager verdient hätte. Betrachtet nur die Winterkleidung jenes Siebzigjährigen! Die Füße stecken nackt in viel zu großen zerrissenen Schuhen. Die Hose zu reparieren, mag Olga wohl abgelehnt haben. Ein mit Stricken und Sicherheitsnadeln zusammengehaltenes Lumpenstück verdient den teuren Zwirn nicht mehr. Als Hemd trägt der Alte einen zerfressenen zundermürben Sweater. Auf der Brust steht in forschen Buchstaben *Mifa,* eine Fahrradmarke. Ein mitleidiger Radfahrer hat dem Alten wohl den Sweater geschenkt. Das Jackett fehlt ganz, ein in Form und Farbe undefinierbarer Mantel ersetzt es. Lang, endlos und dürr und faltig ragt ein Hals aus dem Sweater. Das eingefallene Vogelgesicht könnte schon im Grab gelegen haben.

Neue Gäste kommen und hauen sich wortlos auf einen Strohsack. Die schlesische Olga hat die Näharbeit beendet, die Kleidungsstücke dem Eigentümer auf die Decke gelegt und löscht jetzt die Lämpchen in den beiden Schlafräumen aus. Wird wohl keiner mehr kommen. Sie zählt ihre Einnahme und legt das Geld in einen Milchtopf, der in einem sorgfältig gehüteten Versteck steht. Langsam entfernt Olga Nadel nach Nadel aus ihrem gelbgrünen dünnen Haar und nudelt den traurigen Rest zu einem drahtigen Zopf auf. In das Bett neben der Wasserleitung kommt eine Wärmflasche, die Jungens haben heute alle bezahlt ... Dann beginnt ein phantastischer Auszug diverser und bunter Unterröcke. Das Bett knarrt nicht einmal, als es die leichte, aber harte Last in sich aufnimmt. Aber noch einmal rappelt Olga sich auf. Sie hat den Waschtopfdeckel vergessen. Wenn es einem ihrer Schläfer nach dem Geld im Milchtopf gelüstet und er in die Küche schleichen will, fällt der an die Tür gelehnte Deckel mit großem Getöse um und alarmiert die schlesische Olga ... – –

Kapitel 10

ZWEI TAGE WEITER seit Ludwigs Verurteilung. Der diensthabende Wachtmeister im Polizeigefängnis reißt an der Glocke. Ein gellender, brutaler Lärm zerreißt die lastende Stille des schlafenden Gefängnisses. Dann durcheilt der Beamte die Korridore: »Aufstehen! Aufstehen!« Er lässt die Kalfaktoren aus ihren Zellen und schließt jetzt Zelle nach Zelle auf, damit die Kalfaktoren den Häftlingen frisches Wasser bringen können. Der neue Tag hat begonnen.

Ludwig will seine Wasserkanne hereinnehmen, da kommt ein Beamter aus der Kanzlei zu ihm: »Halten Sie sich bereit. Um neun Uhr werden Sie von einem Transporteur abgeholt.« »Wohin?« »Nach H., in die Erziehungsanstalt.« Dann ist Ludwig wieder allein. Also wieder nach H.? Selbst diese wenig frohe Nachricht pulvert Ludwig auf. Endlich raus aus dem Gefängnis. Eine zehnstündige Bahnfahrt, weit weg von Berlin zwar, aber Abwechslung, Abwechslung in dem ewigen Trott der letzten Monate. Alles andere wird sich finden. Alt wird er nicht in H., das steht fest. Er beeilt sich mit dem Anzug, wienert an seinen Schuhen herum, bürstet und richtet her, bis die Kalfaktoren mit der verdächtigen Kaffeebrühe und dem Kanten ›Karo einfach‹ kommen. Der ewige Hunger des wachsenden Körpers macht kurzen Prozess mit dem trockenen Brot, die großen festen Zähne haben nicht lange zu tun. Ludwig sitzt marschbereit auf dem wackligen Schemel und horcht nach draußen, wie ein eingesperrter Hund. Er ist aufgeregt, hat rote Backen und glänzende Augen, wie lange nicht. In einer halben Stunde ist er schon draußen ..., geht auf dem Alexanderplatz. Mit dem Transporteur allerdings. Von fern kann er dann die *Münze*[6] sehen, vielleicht sieht er sogar einen Bekannten. Da kommt ihm plötzlich etwas in den Hals: ob der Transporteur ihn fesseln wird, bis sie im Zug sind? Das lässt er sich nicht gefallen! Nee, auf keinen Fall! Es wird geschlossen an Ludwigs Zellentür. »Sind Sie fertig?« In der Aufnahmezelle erhält Ludwig den ihm abgenommenen Inhalt seiner Taschen zurück. Den Bleistift, das kleine Messer, die Zigarettenspitze, die Streichhölzer und das kleine Notizbuch. Dann muss er unterschreiben, dass ihm alles richtig ausgehändigt worden ist. Im Hammelstall soll er auf den Transporteur warten.

Durch eine Luftklappe hört Ludwig den brausenden Lärm des Alexanderplatzes, Schritte klappen vorüber, Stimmen fluchender Chauffeure, Lachen eilender Büromädels und das monotone Anbieten der Morgenzeitungen. Das Herz klopft ihm bis zum Hals, seine Hände zittern und sind schweißnass vor Aufregung. Gleich ist er draußen, gleich. Er sieht zu den Kanzleibeamten hinüber. Gleichmütige brave Männer sitzen vor ihren Pulten und bearbeiten Akten, Akten, Akten. Gefängnis, Einsperren ist ihr Beruf, ihre Atmosphäre. Sie sperren ebenso gern ein, wie sie wieder freilassen. Rein oder raus, es lässt sie kalt, die Akten haben zu entscheiden.

Ein kleiner Mann kommt eilig in die Kanzlei. Kurze stämmige Beine in verrutschten Wickelgamaschen, der runde Oberkörper in einer warmen Joppe. Das freundliche rote Gesicht mit dem ewig aufgeregt wackelnden Zwicker sieht so unpolizeilich wie nur möglich aus. Er übergibt seine Papiere, die ihn als Transporteur des Zöglings Ludwig N. ausweisen. Alles in Ordnung, man übergibt ihm den umfangreichen Akt und dann muss er quittieren, dass er Akt und Zögling dankend erhalten hat. Für Berlin ist Ludwig erledigt, er wird aus dem Hammelstall gelassen und dem Transporteur übergeben. Der Dicke sieht sich den Jungen kurz an. »Denn komm man mit. Morgen, meine Herren.« Unten, auf dem Hof des Präsidiums macht er halt. »Nun pass mal auf, Ludwig. Ich heiße Hackelberg, du weißt, ich soll dich nach H. in die Anstalt bringen. Wir fahren jetzt mit der Untergrund bis zum Potsdamer Platz und gehen dann zum Anhalter Bahnhof. Eigentlich muss ich dich hier in Berlin an die Leine nehmen, hier – er zeigt Ludwig eine Knebelkette –, aber was macht das für einen Eindruck, nich? Also sei hübsch vernünftig, mein

---

[6] *Münze*: altes Münzprägewerk in Berlin Mitte; heute moderne Kulturstätte

Junge, und mach keine Faxen. Wenn du versuchst auszukratzen, muss ich dir sofort das Armband umlegen. Sind wir uns einig?« Ludwig antwortet brav mit »Ja« und sieht begehrlich auf die Zigarre, die sich Herr Hackelberg eben anzünden will. »Möchtest woll gern rauchen? Wolln mal sehen, wo wir ein paar Glimmstängel kaufen können«, reagiert der Transporteur auf Ludwigs Augenbetteln.

Und jetzt gehen sie inmitten des Straßentrubels. Herr Hackelberg, sonst uninteressiert, lutscht an seiner Zigarre und gibt Ludwig Verhaltungsmaßregeln für die Bahnfahrt. Ludwig fühlt wieder Pflaster unter seinen Füßen, ihm wird schwindlig wie einem Kranken, der monatelang nicht aus dem Bett gekommen ist. Die vielen Menschen, die Läden, da drüben Tietz, die Mädels ... ach ja, die Mädels. Die wenigen Schritte sind gemacht, hinunter zum U-Bahnsteig. Am Tabak-Kiosk kauft Herr Hackelberg zehn Zigaretten. »Hier Ludwig, qualm ...« Ludwig bringt kaum ein »Danke« heraus. Jemand ist nett zu ihm und schenkt ihm Zigaretten? Fast unglaubwürdig ist es. Hackelberg muss ihm erst Feuer hinhalten, ehe er es wagt, die Schachtel zu öffnen. Da quillt es heiß aus ihm heraus: »Ich danke ... ich danke auch schön, Herr Hackelberg. So nett war lange keiner zu mir ...« Wie lange hat er nicht geraucht? Die letzten Zigaretten waren von Jonny. Er schluckt, er inhaliert den Rauch förmlich und gibt ihn in dichten Wolken wieder von sich.

Da kommt ihr Zug. Trotz des Gedränges versteht Herr Hackelberg es ausgezeichnet, Ludwig stets neben sich zu haben. Er hat ihm auch noch seine Aktenmappe und den kleinen Koffer gegeben. Die Sachen muss er erst mal hinwerfen, wenn er flitzen will, und dann hab ich ihn schon wieder, denkt er. Auf dem Bahnhof Friedrichstadt müssen sie umsteigen. Das Gewimmel auf der zentralen unterirdischen Umsteigestation ist beängstigend. Alles geht, läuft, hastet gegeneinander und durcheinander. Der Berliner versäumt nicht gern einen Zug. Das bedeutet zwei Minuten warten müssen! Selbst der Arbeitslose springt noch auf den anruckenden Zug auf. Das liegt noch so im Blut von früher, als man im glücklichen Besitz einer Stellung war ...

Ludwig wurstelt sich mit Koffer und Mappe durch das Gewühl. Neben ihm, stets auf dem Sprung: Hackelberg. Sie müssen durch den langen Tunnel, den ›Schwindsuchtsgang‹. Zwei junge Männer drängen sich durch den Menschenstrom, rücksichtslos zwängen sie sich vor, um noch den Zug jenseits des Tunnels zu erreichen. »Mensch, nu loof aba! Nu renn aba«, ruft der eine, dann hat die Welle sie beide verschluckt. »Mensch, nu loof aba«, das Wort heimelt Ludwig an, weckt ihn auf: Nu loof aba! Das flüstert, das fordert ihn auf, das stößt ihn in die Rippen: Jetzt, Mensch, laufe, renne, türme, flitze, verschwinde!! Vergessen ist das Gefühl der Dankbarkeit wegen der zehn Zigaretten. Ein anderes Gefühl, der Drang nach Freiheit spült alles hinweg.

Patsch! Mappe und Koffer liegen vor den Beinen des Herrn Hackelberg und sperren ihm den Weg. Ludwig bahnt sich mit den Fäusten einen Weg, saust die Treppe hinunter in den Tunnel. Teilt mit beiden Armen den Menschenschwarm, quetscht, windet, drängt sich durch jedes Loch, rennt immer an der Wand entlang, da ist noch am ehesten Platz. Niemand ist erstaunt über die Eile des Jungen, nur geschimpft wird über den Puff in die Seiten, über den Tritt auf die Hacken. In Ludwig brüllt es: *Mensch, nu aba renn ... renn ... sonst hat er dich!* Gleichzeitig überlegt er blitzschnell: Wohin? Wenn ein Zug dasteht: hinein. Sonst auf die Straße und in einen vorüberfahrenden Omnibus. Der Bahnsteig. Ein Zug ist im Abfahren. Hat schon Tempo. Auf die Tür ... ein Stück mitrennen ... ein Schwung! Hilfreiche Hände ziehen ihn in den Wagen. Japsend steht er zwischen den Menschen. Der Zug rast nach dem Westen. Wenn jetzt ein Kontrolleur kommt, Ludwig, bist du geliefert.

Und Herr Hackelberg? Tat, was er tun konnte. Ließ sein Gepäck im Stich, würgte hinterdrein und schrie sein »Halt! Halt!« Sein Pech, dass gerade ein Zug abfuhr. Der Bahnsteigbeamte bezog das Halt! auf den Zug und glaubte, dass Herr Hackelberg noch aufspringen wollte. Pflichtgemäß hielt er ihn zurück. Hielt ihn fest. Und ehe Herr Hackelberg, wie man versteht etwas konsterniert, alles erklären konnte, war Ludwig über alle Täler und Höhen. Nur das Gepäck war noch zu retten. Also zurück zum Präsidium. Schriftlichen Bericht aufsetzen. Seine Schuld war es nicht. In den Transportpapieren stand ausdrücklich: Von einer Fesselung kann abgesehen werden.

Drei Stationen fährt Ludwig. Dann steigt er um und fährt nach einer anderen Richtung. Steigt wieder um. Stets steht er an der Tür, um sofort, wenn ein Kontrolleur zusteigt, den Wagen verlassen zu können. Was jetzt? Zurück zur Clique! Allein ist man aufgeschmissen in Berlin. Nicht einen Sechser Geld hat er. In die Gegend der ›Münze‹, der Blutsbrüder Heimat, so überaus nahe dem Polizeipräsidium, traut er sich nicht. Wie aber soll er Jonny oder einen anderen der Clique benachrichtigen? Er könnte bei Schmidt anrufen, um diese Zeit ist sicher einer von der Clique dort. Aber der Groschen zum Telefonieren! Der Zug rast. Ludwig sieht nicht einmal auf die Stationsnamen. Woher den Groschen nehmen? Drüben auf dem Sitz liegt eine herrenlose Zeitung vom heutigen Tag. Neu, kaum auseinandergefaltet. Ludwig nimmt sie an sich. *B. Z. am Mittag*. Eine Idee blitzt in Ludwig auf. Der Zug hält auf einer Station. Gesundbrunnen. Schnell steigt er aus. Ans Oberlicht, auf die Brunnenstraße. Er geht in Richtung Badstraße. Guckt auf die Uhr, in die Zeitungsstände. Nein, sie ist noch nicht hier. Hier, im hohen Norden, kommt sie immer erst gegen halb ein Uhr.

Noch einmal blickt Ludwig sich nach allen Seiten um. Schupo? Nein. Jetzt wagt er es. Er ruft:»B. Z. am Mittag! ... B. Z. am Mittag!« und trägt die Zeitung ausgestreckten Armes vor sich her. Viermal hat er gerufen, da ist er die Zeitung los und hat einen Groschen zum Telefonieren. Zurück zum Bahnhof Gesundbrunnen in eine Telefonzelle. Die Anschlussnummer von Schmidt hat er noch im Kopf. Noch ehe sich jemand gemeldet hat hört er Musik. Handfeste Trompeten- und Paukengeräusche. Ein glückliches Lächeln geht über sein Gesicht. Die alte Heimat Schmidt. Dann meldet sich jemand. Jonny ist da! Er hört. Fragt nicht lange. Nur: Wo bist du jetzt? Wo können wir uns treffen, ich komme sofort per Taxe. Ludwig bestellt ihn nach dem *Essigkientopp*. Jonny weiß Bescheid. In fünfzehn Minuten spätestens ist er da. Schluss.

Essigkientopp? Ecke Brunnen- und Voltastraße befindet sich eine große Essigfabrik. In der ganzen Umgebung schwebt ein ewiger beißender Essiggeruch. Die Passanten gehen mit fest verschlossenem Munde vorüber. Der Essiggeruch lässt ihnen das Wasser im Munde zusammenlaufen. Neben der Essigfabrik: ein Kino, bekannt als Essigkientopp.

Ludwig fühlt sich noch sehr unsicher, geht in einen Hausflur und beobachtet von dort, ob eine Taxe vor dem Kino hält. Da ist er, Jonny. Er sieht sich suchend um. Ludwig fliegt über die Straße. »Tag, Jonny!« Er kann die Freude nicht zurückhalten, ein paar Tränen, schnell mit dem Handrücken beseitigt, kollern aus den Augen. Jonny kennt sich aus in solchen Situationen. Er gibt Ludwig fest die Hand und schleppt ihn in eine Kneipe. Eine kleine Abregung, dann soll Ludwig in irgendeiner unauffälligen Konditorei erzählen. Nach dem Bier und Kognak wird Ludwig wieder ruhiger. Sie gehen in ein kleines Café. In dem Hinterzimmer sind sie die einzigen Gäste, Ludwig kann getrost auspacken.

Zuerst kommt ein prima Bohnenkaffee und Torte mit Schlagsahne. Dinge, die Ludwig seit langem nicht einmal gesehen hat. Er erzählt. Beginnt mit dem Burschen am Stettiner Bahnhof. »Den Raben werden wir uns kappen«, sagt Jonny.

Nach einer halben Stunde ist Jonny von allem unterrichtet. In den nächsten Tagen wird es etwas brenzlig für Ludwig werden. Die Polizei wird ihn suchen. Und wenn Ludwig geschnappt wird, ist es natürlich aus mit der Bewährungsfrist, dann heißt es die vier Monate absitzen. Aber die ganze Chose ist halb so schlimm. Ein Schwerverbrecher ist Ludwig nicht. Und gesucht, im *Fahndungsblatt* stehen doch allein von ihrer Clique fünf Jungen, nur, weil sie aus der Fürsorge geflüchtet sind. Da hätten die Behörden viel zu tun, wenn sie wegen eines geflüchteten Zöglings eine große Aktion in Szene setzen würden. Man braucht sich ihnen ja nicht gerade auf die Nase zu setzen ... – –

Kapitel 11

MORGENS SIEBEN UHR wird Willi Kludas von dem kleinen Willi geweckt. »Det hat mächtig jeschneit. Komm, wir jehn nach die Straßenreiniger, da wern immer Helfer anjenommen, wennt jeschneit hat.« Im Nu ist Willi munter. Während des Ankleidens würgt er an den von gestern übrig-gebliebenen Schrippen und gibt auch seinem Kameraden ab. In der Küche stecken sie ihre Köpfe unter die Wasserleitung, die schlesische Olga stiftet großmütig einen Fetzen zum Abtrocknen. Dalli, dalli, mahnt der kleine Willi. Jackett an, Kragen hoch und Mütze auf. Los, Willi. Auf dem Hof bleibt der Kleine plötzlich in dem Schneematsch stehen: »Ja, hast du denn ooch Papiere, die musste abgeben?« Papiere? Aus, Willi Kludas. Papiere geben sie einem ja nicht mit in der Anstalt, wenn man türmt. ›Denn jeh ick ooch nich‹, will der Kleine eben aus lauter Kame-radschaft sagen; da kommt ihm eine Idee.

Er kann gar nicht sprechen vor beglückter Aufregung. »Du hast doch noch zwei Groschen, nich? Da koofen wir einen Besenstiel for, und 'n Kistendeckel muss der Fritze uns zujeben ... Denn nageln wir bei Olga einen Schneeschieber, und een Beesen, so'n ganz ollen, hat Olga ooch. Und denn, Willi, jehn wir in die Geschäfte: ›Schön guten Morgen, Ihr Trottowahr sieht ja vaboten aus. Da falln die Kunden ja wie die Fliegen auf die Neesen. Könn'n wir nich sauber machen for ein kleinet Trinkgeld?' ... Und sollste sehn, Willi, nachmittags ham wir ein paar Mark verdient. Fein, nich?« Sie sausen in das nächste Seifengeschäft. Ein Besenstiel macht fünfzehn Pfennig und den Deckel einer Seifenkiste gibt es gratis. Die schlesische Olga wird gestreichelt und getätschelt, bis sie einen alten Besen und ein paar Nägel herausrückt. Im Nu ist der Schneeschieber zusammengebastelt und die beiden Willis flitzen los.

In die Breslauer Straße. Gerade die richtige Zeit. Die Geschäftsleute öffnen ihre Läden und sehen, noch etwas bettfaul, die matschige Bescherung vor dem Laden. Im dritten Geschäft klappt es. Ein schmächtiges Konfitürentantchen. Willi Kludas weiht den Schieber ein, der Kleine kratzt mit dem Besen hinterdrein und lässt sich im Laden Asche zum Streuen geben. Nach einer halben Stunde ist der Schmutz beseitigt, und Tantchen zahlt jedem dreißig Pfennig und eine Tüte Bonbonabfall. Das Handgeld ist gemacht. Der Milchkeller nebenan wird auch gleich mitgenommen. Kleines Stückchen nur, macht für beide dreißig Pfennig. Da drüben, das große Putzgeschäft aber hat keine drei Groschen übrig und schickt das blutarme Lehrmädchen auf die Straße. Weiter, Willi. Hier klappt es, dort nicht. Hier ist schon gesäubert, dort redet man sich wegen eines Groschens die Zunge fusselig.

Nach fünf Stunden, die Jungen stecken hoch oben in der Frankfurter Allee, wird das Geschäft schwieriger. Überall glänzen saubere Trottoirs. »Feierabend, Willi?« »Ick globe ooch, Willi.« In einer billigen Speiseanstalt wird zu Mittag gegessen. Richtiges warmes Essen, mit Suppe und einem Happen wabbligen Puddings. Dann kommt der Kassensturz. Nach Abzug des Essens bleiben für jeden vier Mark und einige Groschen. So viel Geld hat Willi Kludas seit Jahren nicht besessen. Bei der schlesischen Olga stellen sie ihr Werkzeug unter. Wer weiß, vielleicht ist morgen wieder Schnee. Olga wird mit einer Tüte Bonbonabfall beglückt, und hier sind zweimal vierzig Pfennig Schlafgeld für heute Nacht.

Wie anders sieht doch Berlin aus, wenn die Fäuste in den Taschen sich um etwas Geld ballen! Auch wenn es nur vier Mark sind. Mit strahlenden Augen geht Willi Kludas neben seinem Kumpel durch die Straßen. Sie sind satt, haben Zigaretten, das Schlafgeld ist bezahlt und außerdem klimpert es noch in der Tasche. »Du, wolln wir nich in 'n Kientopp gehn?« fragt der Kleine, »in 'ne Münze, bei Pritzkow kost es nur vier Groschen.« – Das Tageskino *Pritzkow* in der Münzstraße ist nicht nur Kino, wo Wildwestdramen und Kriminalschmöker gezeigt werden. Es ist auch Wärmehalle und Schlafstelle für solche Begüterten, die die vier Groschen Eintritt erlegen können. Für vier Groschen kann jeder von morgens zehn Uhr bis abends elf Uhr sitzenbleiben, sich das Programm zum sechsten Mal vorführen lassen oder auch schlafen. Wie es ihm beliebt. Man zahlt, im Jargon der Stammgäste, auch nicht simples Eintrittsgeld, um nach zwei Stunden wieder zu gehen. Bei Pritzkow zahlt man ›Schlafgeld‹ und bleibt entsprechend lange sitzen. Knüppeldickevoll ist das handtuchschmale Theater zu jeder Tageszeit. Dicht an dicht sitzen die Jungen und Burschen, starren teils interessiert, teils bereits gelangweilt auf die misstönende Leinwand oder sitzen schon ihr Schlafgeld ab. Sanft an den Nachbarn, auf des Vordermannes Stuhlrücken gelehnt oder gesenkten Kopfes die Westenknöpfe zählend.

Offenen Mundes sieht Willi Kludas auf die Leinwand. Für ihn ist diese bescheidene Vorführung ein Wunder. Von Tonfilmen hat er überhaupt noch nichts gehört, und diese Mädels da auf der Leinwand ... wie die gebaut sind ... wie alles hüpft an ihnen, wenn sie gehen ... Wie sie sich auf die schicken Kavaliere werfen und sie abknutschen ... verdammt! Und die süßen Stimmen, wenn sie singen ... wie die kurzen Röcke werfen beim Tanzen! Willi Kludas rutscht unruhig auf seinem Stuhl hin und her, sein Gesicht glüht, und seine schweißnassen Finger zerren aufgeregt aneinander. Mit so einem Mädel mal zusammen sein ... so ein Mädel mal sehen, wenn ... In der Pause fragt er den Kleinen zögernd, ob er schon einmal ein nacktes Mädchen gesehen habe. Er so richtig noch nie. Wo auch? Mit sechzehn Jahren brachten sie ihn in die Anstalt. Da hat einer eine ganze Menge Photographien gehabt von nackten, dicken Frauen. Die Karten hat der Junge abends im Schlafsaal ausgeliehen an die Kameraden. Für Zigaretten, ein Stück Wurst oder die Fleischration vom Mittag. Dann gingen die Jungens mit den Bildern an das Fenster, um sie genauer betrachten zu können. Halbstundenlang standen sie dort und blickten auf die fotografierte Nacktheit, und nachher im Bett ... na ja, was soll man machen. Und der Otto Kellermann, ein ganz junger, mit hellblonden Haaren und weicher, weißer Haut wie die eines Mädchens, nannte sich *Ottilie,* und wer Ottilie haben wollte, musste auch blechen ...

Bei dem kleinen Willi war das alles ganz anders. Seine Pubertätsjahre wurden vergiftet durch die eigene Mutter, die sich im selben Zimmer, wo Willi schlief, den Männern hingab. Durch die Mieterinnen, die auch ihre Kunden in das Zimmer brachten und manchmal betrunken an Willis Bett kamen: »Na, Williken, Jugendstil, nu biste ooch bald so weit ... lass doch mal, Williken ... Süßer, halt doch mal stille, mein Bubi ...« Das *Mysterium,* das Willi Kludas mit seinen zwanzig Jahren nur von dreckigen Bildern und obszönen Reden der Kameraden kannte, offenbarte sich dem dreizehnjährigen kleinen Willi unter noch gemeineren Umständen.

Sie verlassen das Kino und gehen wieder auf die Münzstraße. Willi Kludas guckt jedem der käuflichen Mädchen unter den Hut, und wenn ihn eine Anrede trifft, ein eingelerntes Lächeln, wenn Brüste und Hüften sich prahlend anpreisen, dann kribbelt in ihm ein wollüstiges Fieber, das ihn siedend heiß durchströmt, den Hals trocken und die Beine schwach macht. Seine feuchten Hände in den Hosentaschen fühlen das Geld ... Mit ihm könnte er eines der Mädchen besitzen. Aber er schämt sich vor dem Kleinen. Wenn er allein wäre, würde er nicht widerstehen können. Wäre er doch nur allein ... »Was machen wir nu?« fragt der Kleine. »Können wir nicht hingehen, wo viel Mädels sind?« ist Willis Gegenfrage. »Rummel?« schlägt der Kleine vor. »Sind da welche?« »Na, Mensch, so viel du willst ... hinter de Toilettenbude vor fuffzig Pfennig«, lautet die sachkundige Antwort.

Schlesischer Rummel an der Schillingsbrücke. Vergnügungsdorado aller berlin-östlichen Cliquen. Schauplatz täglicher Eifersuchtskämpfe um die *Liebsche.* Berlins grauenhaftester Strich, Schulmädchen, eben Schulentlassene. Preis: Fünfmal Luftschaukel, Reiten im Hippodrom, oder Eiswaffeln bzw. Kartoffelpuffer, je nach der Jahreszeit. Die Fortgeschreneren dieser kindlichen Prostituierten nehmen nur Bargeld in Zahlung. Ort der Handlung: Hinter der Toilettenbude. Mütze kess im Nacken, sodass vorn die Haare hervorquellen, Zigarette im äußersten Mundwinkel nehmen die ›Männer‹ zwischen vierzehn und zwanzig die Parade der ›Weiber‹ zwischen zwölf und achtzehn ab. Blicke, und nicht nur Blicke, tasten die Körper ab, deren Trägerinnen dankbar und geschmeichelt das ihre tun, damit nichts unter dem Scheffel bleibt.

Vor der Luftschaukel steht Elly, ein hübsches, üppiges Ding von sechzehn Jahren und starrt sehnsüchtig auf die sausenden Gondeln. Der kleine Willi kennt Elly. »Willst du sie ham?« fragt er Willi Kludas. Die Bekanntschaft ist schnell perfekt. Willi nimmt Billetts für drei Fahrten und steigt mit Elly in eine Gondel. Reißt an dem Strang, dass die Gondel nach wenigen Schwüngen das obere Gerüst berührt und der Wärter mit aller Kraft bremsen muss. Mit koketter Ängstlichkeit klammert die sitzende Elly sich an Willis Beine. Noch eine Fahrt und noch eine, dann stehen sie wieder auf der Erde. Elly reckt sich, streicht die wild zerzausten Haare glatt und zeigt dem hungrigen Willi, wie sie gewachsen ist. Hübsch ist er, der Junge, und Kraft hat der ...

Ein Junge, der weiß, was er seiner neuen Braut schuldig ist, lädt sie unbedingt zum Kartoffelpuffer ein. Der Kleine tut es für den glotzenden und verlegenen Großen. Nach dem Kartoffelpuffer sitzt Willi neben Elly in einem Wägelchen auf dem *Eisernen See*. In den Kurven versteht Elly es ausgezeichnet, dem Jungen neben sich die Weichheit ihres Körpers zu spüren zu geben. Wie ein Betrunkener taumelt Willi aus dem Wagen und presst Ellys Arm an sich. Wo ist denn der Kleine geblieben? Gut, dass er weg ist. Werden uns schon wiedertreffen bei der Olga. Elly möchte etwas trinken. Wo, fragt Willi. Sie gehen in den *Walfisch* gegenüber dem Rummel.

In dem großen Bierlokal baumeln die Bockbiergirlanden vom 1. Januar bis zum 31. Dezember. Die Stimmungskapelle, Trompete und Pauke spielen in ihr die erste Geige, hat offenbar den strikten Befehl, ihr ganzes Sinnen und Trachten auf möglichst umfangreiche Geräuscherzeugung zu richten. Und das gelingt ihr, schon aus Selbsterhaltungstrieb. Denn die Unterhaltung der Gäste in dem überfüllten Lokal ist ein feuchtfröhliches Schreien und Randalieren. Die schmalen Durchgänge zwischen den einzelnen Tischen sind längst von den scharrenden, rückenden Stühlen eingenommen. Das ganze Lokal ist ein wimmelndes Durcheinander, eingehüllt in dichten Tabakdunst nicht immer rein überseeischer Qualitäten. Zwischen allem, Pfadfinder auf verlorenem Posten, die Kellner. An jedem der zehn Finger klebt, allen physikalischen Schwerkraftgesetzen zum Trotz, eine *Molle*[7]. In die Armbeugen beider Arme geklemmt, womöglich noch je ein Oval-Teller mit gewichtigen Eisbeinportionen.

Die Kapelle sieht ein, dass sie ihren Instrumenten unbedingt eine Pause gönnen muss, wenn sie sie noch bis zur Polizeistunde benutzen will, und gibt der Pauke einen Wink, mit einem extrakräftigen Bumm zu enden. Das geschieht. Ein, zwei Sekunden währt das groteske Hörbild einer wild schreienden Menge, deren Stimmbänder eben noch auf harten Kampf mit der Geräuschkapelle eingedrillt waren. Dann, ob des eigenen Gebrülls bass verwundert, schweigt das Lokal. In diese Stille einer Sekunde drängt sich eine Mädchenstimme, hoch, kräftig, aber angenehm:

---

[7] ein im Berliner Raum verwendetes Biermaß von 0,5 Litern

Zigarren, Zigaretten, Schokolade! Das Zigarettenmädchen. Willi winkt es heran. Für sich Zigaretten, für Elly eine Tafel Schokolade. Da bringt der Ober das bestellte Bier in riesigen Zehn-Zwanzigstel-Gläsern. Als Willi bezahlt hat, bleiben ihm noch zwanzig Pfennig. Ist ihm ganz schnuppe. Elly hat ihren Mantel ausgezogen und präsentiert sich ihrem Jungen in einem knallroten dünnen Fähnchen, das auf alle Annehmlichkeiten ihres Körpers mit Stentorstimme[8] hinweist. Elly sieht wohl Willis starre und brennenden Blicke und rückt noch näher an ihn heran. – Die Kapelle hat inzwischen aus spendierten Mollen frische Kräfte geschöpft und legt wieder los. Auch die Gäste schreien sich wieder ins Gesicht und freuen sich scheinbar an der gesunden Kraft ihrer Stimm-Mittel.

Um elf Uhr bringt Willi seine Elly nach Haus. Elly ist Alleinmädchen, ihre Dienstherrschaft bewohnt eine Parterrewohnung, und Elly hat ein Stübchen, das auf den Hof mündet. Wildklopfenden Herzens steht Willi auf einem stockdunklen Hof und wartet, bis sich irgendwo ein Parterrefenster öffnet. Einige Minuten später sitzt er in Ellys Stübchen. Viel reden dürfen sie nicht. Die Herrschaft schläft zwar vorn, aber ... Steif und stumm wie ein Klotz sitzt Willi da. Angst, Verlegenheit, Gier nach dem Mädchen quirlen und jagen chaotisch durcheinander. Er sieht, wie Elly sich auszieht. Wie aus dem roten Kleid zwei weiße runde Arme aufblühen. Ein leiser, vollends verwirrender Geruch warmen Mädchenfleisches umweht ihn und lässt ihn unterdrückt aufstöhnen. Elly plumpst ins Bett, um sich unter der Decke der letzten Hülle zu entledigen. Als sich endlich ihre weiche Nacktheit an seinen Körper schmiegt und sie sein glühendes Gesicht zwischen ihre fast mütterlich üppigen Brüste drückt, entlädt sich die in jahrelanger Fürsorgehaft aufgespeicherte Geschlechtsqual in beinahe tierisches Aufbrüllen.

Nach zwei Stunden spaziert Willi, übermütig wie ein kleiner Junge, durch die nächtlich stillen Straßen. In ihm singt und jubiliert das große Erlebnis. Das große Erlebnis, das er tausendmal durch den Dreck ziehen hörte unter Kameraden. Das große, naturgewollte Erlebnis, das ihm die Fürsorgehaft so lange vorenthalten hatte. Das große Erlebnis, das er sich in schlaflosen, qualvollen Nächten mit fieberbunten Farben ausgemalt hatte. Das große, überaus herrliche Erlebnis in den Armen der kleinen, dicken Elly ...

---

[8] *Stentorstimme*: laute, volle Stimme

Willi ist ein Glückskerl. Sein ganzes Geld hat er mit Elly ausgegeben und morgens kriegt ihn der kleine Willi beim Schlafittchen: »Steh uff, hat wieder geschneit!« Geschneit? Da kann er ja wieder Geld verdienen! Los mit Schneeschieber und Besen. Bei der Arbeit fragt der Kleine, wie der Abend mit Elly verlaufen sei. Aber Willi gibt nur ausweichende Antworten. So etwas Schönes muss man für sich behalten. Ach, Elly ... Der Schneeschieber arbeitet wie geschmiert, der Besen kann kaum mitkommen. Und nachmittags haben sie zusammen fast zehn Mark verdient.

Drei Tage später. Ein neuer Schneefall hat sich nicht eingestellt, und Willi zehrt sparsam an seinen paar Kröten. Morgens wacht Willi wie zerschlagen auf. Alles schmerzt ihn. Was ist los mit ihm? Als er es dem Kleinen schildert, grinst der vor sich hin und fragt: »Hast denn schon nachjesehn?« Nachgesehen? ... Nachgesehen? »Du bist sicher mit die Elly inne Betten jegangen!« Bald stellt der Kleine fest, dass Willi an Gonorrhoe erkrankt ist. Die Elly hat ihn angesteckt. »Nu jeh man jleich zu Onkel Dokta, denn bist den Kram in vierzehn Tagen los.« »Doktor? Ich hab doch kein Geld und keine Papiere.« »Brauchste nich, Willi, krichste alles umsonst.«

Am späten Nachmittag führt der Kleine ihn zum Köllnischen Park in ein mächtiges Gebäude. Der Portier teilt Nummern aus und weist sie ins Hintergebäude. In einem Saal warten verlegen oder abgebrüht grinsend beinahe hundert Burschen und Männer. Burschen von sechzehn bis zwanzig Jahren sind in der Überzahl. Als Willis Nummer aufgerufen wird, führt eine Schwester ihn in ein Büro, wo das Krankenblatt angelegt wird. »Auf welchen Namen?« fragt der Beamte. Willi zögert. »Sie brauchen Ihre Personalien nicht anzugeben, nur irgendeinen Namen brauche ich für Ihre Krankenkarte«, ermuntert der Beamte. »Schröder« gibt Willi aufs Geratewohl an. Er bekommt eine kleine graue Karte ausgehändigt: Landesversicherungsanstalt Berlin. Ärztliche Abteilung C., für Herrn Sch., und wird in einen riesigen weißen Saal geführt, der durch verschiebbare Wände in kleine Untersuchungszellen aufgeteilt ist. In jeder Zelle ein Schreibtisch, ein Untersuchungsstuhl und andere medizinische Geräte.

Ein Arzt untersucht Willi. »Wo haben Sie sich angesteckt?« Willi schweigt. »Können Sie die Person nicht namentlich angeben, damit wir sie dem Arzt zuführen können?« Was soll er sagen, soll er Elly verraten? Nein, er will sie selbst herschicken. »Mit Namen kenn' ich das Mädchen nicht ... auf 'n Rummel kennengelernt ... weiß auch nicht, wo das Mädchen wohnt.« »*H. w. G.-verdächtige Person, Name und Adresse unbekannt*«, notiert der Arzt auf dem Krankenblatt in der Rubrik *Infektionsquelle. H. w. G.*: gesundheitsbehördliche Abkürzung für *häufig wechselnder Geschlechtsverkehr.* Die Abkürzung findet Anwendung bei Personen, die im Verdacht der Prostitution stehen. Der Arzt ruft eine Schwester in die Zelle: »Nehmen Sie dem Herrn vorsichtshalber eine Blutprobe ab.« Das aus Willis linkem Arm abgezapfte Blut wird ins Laboratorium gesandt und dort der Wassermannschen Reaktion unterzogen. In drei Tagen kann Willi erfahren, ob er neben der Gonorrhoe auch die Syphilis von seiner Elly als Andenken bekommen hat ...

Mit dem Überweisungsschein an eine Behandlungsstelle bekommt Willi ein Merkbüchlein für Geschlechtskranke. In ihm steht der von Lebensklugheit triefende Satz: *»Sicherster Schutz vor Geschlechtskrankheiten ist die Vermeidung jeglichen Geschlechtsverkehrs vor der Ehe.«* – –

Kapitel 12

WÄHREND LUDWIGS GEFÄNGNISZEIT hat sich vieles in der Clique geändert. Alle Jungens haben neue Kleidungsstücke. Einige, Fred, Jonny und Hans sind von Kopf bis Fuß neu eingekleidet. Haben gute Anzüge und sogar Wintermäntel. Auch Geld ist vorhanden. Jonny veranstaltet sofort eine Sammlung für Ludwig unter den Blutsbrüdern. »Damit er den Knast vergisst.« Zweiundvierzig Mark bekommt Ludwig. Er soll sich einen Mantel kaufen und Kleinigkeiten, die er braucht. Am Abend des Tages, an dem Ludwig sich gewaltsam die Freiheit verschafft hat, soll ihm zu Ehren eine große Kneiptour stattfinden. Alle Kameraden zeigen aufrichtige Freude, dass Ludwig wieder da ist. Und dass er auf dem U-Bahnhof so kess getürmt ist, setzt ihn in aller Augen um viele Plätze höher. Dieser Kerl vom Stettiner Bahnhof, der Ludwig den *heißen* Schein angedreht hat, soll nur seine Knochen nummerieren, wenn sie ihn irgendwo schnappen. So eine Gemeinheit. Hätte doch ruhig an Ludwig herantreten sollen: hier ist ein heißer Schein. Willst du den Koffer einlösen? Wir machen Halbe-Halbe. Dann wäre die Sache reell gewesen, aber so ... Der soll uns in die Finger laufen!

Ludwig hat Angst, sich noch am selben Abend in so vielen Kneipen zu zeigen. Bei der kleinsten Razzia kann er hochgehen, wo er doch keine

Papiere hat. Papiere, Papiere ... Jonny denkt nach. Dann: »Komm mal mit, Ludwig.« Sie gehen nach der Grenadierstraße. Berlins Ghetto, die Straße der heimlichen und unheimlichen Geschäfte und Herbergen. Jonny redet einige Worte mit einer vor einem Kellerladen stehenden alten Jüdin. Sie ruft einen Jungen aus dem Keller und schickt ihn mit einem Auftrag fort. Nach einigen Minuten kommt der Junge mit einem kleinen, verwitterten Juden in speckigem Kaftan. Bart- und Kopfhaare des Alten sind graugrün und strähnig verfilzt, die kleinen Augen luchsen unruhig hin und her. Der Jude lädt Jonny und Ludwig in den Laden.

Die Bezeichnung *Laden* ist eigentlich eine unverantwortliche Schmeichelei. Der ganze Warenvorrat ist mit zehn Mark reichlich bezahlt. Einiges ehrwürdig verschrumpeltes Gebäck, der übliche Knoblauch und koschere Margarine in Paketen. Der Laden ist auch nur Vorwand, nur Deckmantel für andere, bessere Geschäfte, bei denen es keines Warenlagers bedarf. Sie gehen in ein dunkles, fensterloses Hinterzimmer. Der Jude nimmt zwischen Ludwig und Jonny auf einem ehemaligen Sofa Platz. Fromm, ergeben und ahnungslos faltet der alte Hehler die schwarzadrigen Hände: »Was wünschen die Herren denn?« »Hier, mein Freund braucht Papiere«, beginnt Jonny. »Papiere ... oh ...« Schon wird der Alte zurückhaltend und misstrauisch. Falsche Papiere sind eine schwierige Sache. Jonny bietet fünfzehn Mark für einen Meldeschein oder eine Stempelkarte. Die Finger des Alten zupfen nervös am Kaftan herum, Geldhunger und Furcht halten sich die Waage. Nein, Papiere habe er nicht. Er sei ein ehrlicher Mann. Ja ... Aber ... er wüsste schon jemanden, bei dem es möglich sei. »Also los, gehen wir hin«, unterbricht Jonny.

Der Jemand entpuppt sich als ein altes, verhutzeltes Weibchen im vierten Stock einer Hofwohnung. Vorerst hält der Alte mit dem Weibchen ein großes Palaver ab. Jiddisch, hebräisch, deutsch in einem schaurigen Mischmasch. Dann erzählt die Alte Jonny und Ludwig in einem weinerlichen Singsang, dass bei ihr jemand gewohnt habe, er sei polizeilich gemeldet gewesen, alles in Ordnung. Aber eines Tages sei er nicht wieder erschienen und habe eine alte, aber ehrliche Frau um die Miete gebracht. Zurückgelassen habe er lediglich ein ziemlich schmutziges Hemd, einen Hut und in einer Zigarrenkiste einige Papiere, darunter die polizeiliche Anmeldung, eine Steuerkarte und einen Taufschein. »Zeigen Sie die Papiere«, fordert Jonny. Die Anmeldung lautet auf die Wohnung in der Grenadierstraße für August Kaiweit aus Königsberg, geboren 1908. Ludwig ist zwar 1912 geboren und hat als Dortmunder keine Ahnung wo Königsberg liegt, aber sonst sind die Ausweise nicht übel. »Wo hat denn der Mann gewohnt?« fragt Jonny. Die Alte führt sie in eine erbärmliche Rumpelkammer. »Miete?« »Fünf Mark die Woche.« »Und die Papiere?« Wieder beginnt zwischen den beiden Alten ein endloses, für Jonny und Ludwig unverdauliches Gewäsch. Endlich: Zehn Mark für die Papiere und fünf Mark Provision für den Juden.

Erledigt. Jonny gibt der Alten zehn Mark für die Papiere und die erste Woche Miete von fünf Mark; der Jude erhält seine Provision. Ludwig hat einen neuen Namen und gleichzeitig eine Wohnung. Jetzt braucht *August Kaiweit* nicht mehr jede Razzia zu fürchten. Allerdings bis aufs Polizeipräsidium reichen die Papiere nicht. Dort liegen Ludwigs Fingerabdrücke und Photos. Und dann: der richtige August Kaiweit kann auch etwas auf dem Kerbholz haben und im Fahndungsblatt stehen. Vielleicht ist es sogar ein schwerer Junge, was bei der Fragwürdigkeit seines Quartiers in der Grenadierstraße nicht einmal so unwahrscheinlich ist. Jedoch: wenn Ludwig alle Wenn und Aber in Erwägung ziehen wollte, könnte er sich nur gleich wieder im Polizeipräsidium stellen. Ein Leben außerhalb des Gesetzes ist eben keine Wohlgeborgenheit in Abrahams Schoß ...

Er lässt sich von der Alten den Hausschlüssel geben und geht mit Jonny. Auf der Münzstraße trennen sie sich. Ludwig, um sich bei einem Althändler einen Mantel zu kaufen, und Jonny, Jonny hat mit Fred etwas vor. Was die bloß immer für Heimlichkeiten haben, denkt Ludwig. Treffpunkt: acht Uhr abends im *Rehkeller* in der Prenzlauer Straße, nahe dem Alexanderplatz.

Alexanderplatz! Mittelpunkt der Berliner Unterwelt. Man kennt sie. Wer kennt sie nicht aus jenen Filmen ›*Aus dem Milieu der Berliner Unterwelt?*‹ Die Edelganoven, die nur in Frack und Lack einbrechen gehen? Jene grausig schönen Verbrecherinnen, denen das Morden perverser Zeitvertreib ist? Und die fabelhaft echten Verbrecherkeller mit Apachentänzen, Schmalztollenganoven, rassigen Zwei-Mark-Nuttchen mit brandrot loderndem Wuschelkopf? Die verschwiegenen Sektlogen in den Kellern und die geheimen Falltüren? Allerbilligste Groschenphantasie einfallsarmer Filmregisseure und anderer Hintertreppengemüter. Der Amüsiermob verlangt derartiges. Möchte in seinen teuren Logensesseln von einer Gänsehaut in die andere gleiten. Also wird Unterwelt gedreht. Und weil die wahre Berliner Unterwelt in ihrem sozialen Elend durchaus nicht Kurfürstendamm-Geschmack ist, dichtet man Berlin eine Unterwelt an, in der es, siehe oben, wie beim Herrgott in Frankreich zugeht. Der oberflächliche Betrachter des auf den ersten Blick sichtbaren Milieus wird die ganze Berliner Unterwelt sterbenslangweilig finden. Nichts, gar nichts Interessantes. Blut ist auch hier ein besonderer Saft, und den dämonischen Verbrecher bestaunt der Berliner Ganove, genau wie jeder andere Sterbliche, im Kientopp. Es bedarf schon eingehender Studien, um zu jenen Menschen vorzudringen, die vielleicht ihr Leben lang zwischen kurzer Freiheit, langen Gefängnisjahren, ewiger Flucht vor dem Gesetz und – nach einigen Freudentagen in desto größeren Entbehrungen vegetieren.

Selbstgewähltes Schicksal? Nicht immer. Nicht immer! Die Jugendjahre in der Fürsorgeerziehung, quasi Lehrlingsjahre für den werdenden Gesetzesübertreter, sind verdammt kein selbstgewähltes Schicksal. Und weiter: Vorbestraft! Die schwer überwindbare, glasharte Mauer bürgerlicher Voreingenommenheit und Vergeltungswut lässt Ungezählte scheitern. Ungezählte, die sich gern wieder einem geregelten Leben eingeordnet hätten.

Vorerst die Feststellung, dass es heute in Berlin jene Verbrecherkeller, wie sie uns in hundert Filmen gezeigt werden, gar nicht mehr gibt. Alle diese Keller in der Linienstraße, Marienstraße, Auguststraße, Joachimstraße, Borsigstraße und so weiter, mussten kurz nach der Inflation schließen. Und die großen Bierlokale mit brüllender Blechmusik schon am frühen Vormittag sind Wartesäle des großen Heeres der Zuhälter, Obdachlosen und Gelegenheitskriminellen. Aber diese Gäste machen den Kohl des Wirtes nicht fett. Attraktion dieser Lokale ist die Prostitution. Sie, nur sie erhält diese Lokale. Sie lockt die Freier hierher und animiert zu großen Zechen. Die Prostituierten brauchen, wenn sie noch solo sind, nichts zu verzehren, sie gehen von Tisch zu Tisch und bieten sich an oder schnorren bei den studienhalber anwesenden Gästen einen Schnaps. Und wenn in diesen Lokalen wirklich einmal was los ist, darf man mit einiger Sicherheit annehmen, dass alles arrangiert ist, damit die ›Sehleute‹ in die für den Konsum nötige angenehme Gruselstimmung kommen und in Bekanntenkreisen von dem ›tollen Verbrecherlokal‹ erzählen.

Zuerst bemächtigte die Kulisse sich des Unterweltthemas, tischte hundertprozentige Ammenmärchen auf, und jetzt greift die Unterwelt zur

Kulisse, um nicht gar zu sehr zu enttäuschen. Bedient sich sogar des Anzeigenteils der geeigneten Presse. Zwischen den Anzeigen feudaler Schlemmerlokale und mondäner Tanzpaläste schreit es: *»Wollen Sie die Berliner Unterwelt kennenlernen? Kommen Sie zu Europas bekanntester Gaststätte am Alexanderplatz!«* Was macht es, dass Europas bekannteste Gaststätte ein harmloser *Nuttenbums* ist? Das wäre die Gänsefüßchen-Unterwelt. Heil der großen Stadt Berlin, wäre damit das Kapitel Unterwelt abgetan. Es ist zu schön, um wahr zu sein.

Alexanderplatz in den Abendstunden zwischen einundzwanzig und vierundzwanzig Uhr. Wo beginnen in dem Menschen-Tohuwabohu? Prostitution aller Abarten. Von der Fünfzehnjährigen, eben aus der Fürsorge ausgerückt, bis zum sechzigjährigen alten Eisen ist alles fieberhaft auf der Jagd nach dem Freier. Männliche Prostitution steht in ganzen Rudeln vor den Bedürfnisanstalten, an den Haltestellen, vor den großen Lokalen. Obdachlose beider Geschlechter drücken sich herum. Bleiben stehen, gehen weiter. Ziellos. Setzen sich auf einen Bretterstapel des U-Bahnbaues. »Weitergehen!« Schupo-Patrouille. Weiter, weiter, wohin? Fast verlockend winkt die massige Silhouette des Polizeipräsidiums. Dort gibt es Essen und Trinken und ein Bett. Aber erst dann, wenn der Verzweifelte eine Schaufensterscheibe demoliert hat.

Mit der ganzen Gemeinheit seines ›Berufes‹ macht sich das Zuhältertum breit. Hunderte allein auf dem Alexanderplatz. Ihnen gehört die Straße, ihnen gehören die strichenden Mädchen. Auf Schritt und Tritt verfolgen sie ihre *Kalle*; ja, ermuntern zögernde Interessenten, indem sie von den Vorzügen des ›Meechens‹ erzählen. Menschen werden angepriesen und taxiert wie lahme Gäule auf dem Pferdemarkt.

Aus einem unterirdischen Bierlokal neben dem Ufa-Kino quillt ein johlender Gästeschwarm. Im Nu stockt der ganze Verkehr. Schwarz steht die Menschenmenge, schwarz strömt sie herzu. Was ist passiert? Etwas ganz Alltägliches. Kern der Menschenmenge ist eine Prostituierte und ihr Zuhälter. Er schlägt unaufhörlich auf die Frau ein. Vornübergebeugt steht sie da, beide Hände zum Schutz vors Gesicht gehalten. Wie ein Schlachttier. Aus der Menge tönt es begeistert und anfeuernd: »Orntlich Fritz, jib ihr, det Aas!« Und Fritz lässt sich nicht lumpen, er *gibt*. Nicht eine Hand, nicht ein Mund rührt sich zum Schutz der Frau. Man ist vollkommen unter sich. Kriegt die Frau eine Abreibung, wird sie sie schon verdient haben. Endlich kommt Polizei, bahnt sich einen Weg durch die zähe Mauer. Was geschieht? Nichts. Der Zuhälter kann sich legitimieren, dass das Opfer seine Ehefrau ist. Und die ›Ehe‹-Frau erstattet, auf Befragen der Polizei, keine Anzeige. Sie wird sich hüten, sich von guten Freunden ihres Ehemannes und Zuhälters zum Krüppel schlagen zu lassen. »War ja janich so schlimm«, sagt sie nur, und das Blut quillt aus der Nase.

Der Menschenschwarm löst sich wieder auf. Es wird nicht mehr gekeilt. Das Interesse ist erloschen. Die Prostituierte steht blutwischend und schluchzend an einen Haltestellenpfahl gelehnt. »Nu halt aba de Fresse, Edith.« Der Zuhälter sagt es, ganz gemütlich. Und Edith bemüht sich krampfhaft, die *Fresse* zu halten, ab und zu rutscht noch ein Schluchzer heraus. Sie zückt Lippenstift und Puderquaste, um wieder Fasson in das verheulte Gesicht zu bringen. Dann gehen beide, Arm in Arm, in den nahen *Rehkeller.*

Der einzige der Gattung Keller, der noch den Namen Verbrecherkeller führen könnte. Aber auch hier ist alles auf Amüsierbetrieb eingerichtet. Unterwelt ist Mode. Ein niedriger, gewölbeartiger Raum in schummrigem bunten Licht. Das alte, wieder und wieder übertünchte Gemäuer strömt einen entsetzlichen Modergeruch aus. Ein Klavierspieler versucht verzweifelt, aus einer Drahtwirrnis eine einigermaßen verständliche Tonfolge herauszuhauen. Gäste: das übliche Alex-Milieu, allerdings sehr wenig Sehleute. Sieht wohl von draußen zu unheimlich aus, der Rehkeller.

An einem Tisch in der hintersten, finstersten Ecke sitzen die Blutsbrüder. Zwischen ihnen ein junges Mädchen von siebzehn, achtzehn Jahren. Anneliese, die neue Cliquen-Liebsche der Blutsbrüder. Seit sie auf bisher für Ludwig noch ungeklärte Weise stets über Geld verfügen, ist Anneliese Gemeingut der Clique. Ludwig kommt mit seinem neuen Mantel. Zuerst empfängt Anneliese ihn mit einem schallenden Kuss. Sie sehen sich zum ersten Mal, und Jonny klärt Ludwig auf, dass Anneliese zur Clique gehört. Die anderen Blutsbrüder begrüßen Ludwig mit einem anzüglichen »Guten Abend, Herr Kaiweit«.

Überhaupt ist Ludwig *persona grata*. Anneliese sitzt dem ›armen Jungen, der unschuldig in Moabit war‹, auf dem Schoß und tröstet bei jeder Gelegenheit mit Streicheln und Küssen. Bei der ersten Lage Schnaps sagen alle feierlich: »Auf dein Wohl, Ludwig.« Dann muss er erzählen. Wie sie ihn geschnappt haben, das Verhör, die Tage auf dem Alex, die Verhandlung vor dem Jugendgericht, wie er den Kassiber von Tante Else in der Zuckertüte bemerkt hat. Wie das Essen war, die Behandlung, und ganz, ganz ausführlich, wie er auf der Station Friedrichstadt flitzte. Naja, der Transporteur war ja scheinbar ein anständiger Kerl, aber Freiheit ist Freiheit. Restlos stolz ist die Clique auf ihren Ludwig, als er von der gefundenen B. Z. erzählt, die ihm zu dem Groschen zum Telefonieren verhalf. Verdammt, der Junge hat doch ein Köpfchen! »Prost! August Kaiweit!« Und Jonny setzt hinzu: »Auf dass wir den Raben schnappen, der dich so reingelegt hat!«

Der Klavierspieler annonciert eine Rumba und tastet etwas heraus, das ebenso gut Tango oder Black Bottom sein kann. Die Mädchen suchen sich mit ihren Liebsten einen Quadratmeter zum Tanzen, auch Anneliese hat Ludwig gepackt, der jetzt Rumba tanzen muss. Gestern um diese Zeit lag er noch auf der Pritsche im Polizeigefängnis, im Bauch gluckste die abendliche Mehlsuppe und draußen auf dem Korridor krachten die Nagelschuhe der Wachtmeister. »Anneliese, gib mir 'n Kuss«, flüstert er hastig dem Mädchen zu.

Die Zeche ist bezahlt. Die Blutsbrüder gehen. Mexico? »Nee, lieber nich«, antwortet Fred grinsend. Die *Alexanderquelle* in der Münzstraße ist ein unappetitlicher Laden, aber immer gerammelt voll. Die Gewalt der verabfolgten Blechmusik schmettert den Schaum von den Mollen, und der in Massen fabrizierte Tabakqualm hält die Papiergirlanden in ständigem Aufruhr. Cliquenjungens aller Jahrgänge, Ringleute, Prostitution der letzten Kategorie, Penner, Bettler und Bettlerinnen. Sie alle sorgen für die Wohlpoliertheit der Glatze des Wirtes, der den Pestgestank seines Lokales nicht mehr atmen kann und vor der Tür steht. Unheimlich voll ist es. Der letzte Gast musste bereits am Windfang haltmachen und schreit von dort nach Bier und Schnaps. Die Clique quengelt und würgt sich durch die Fülle, nirgends etwas frei. Ganz hinten, im erhöhten Hinterraum, vor den Toiletten, gelingt es den Blutsbrüdern, sich noch an zwei schon übersetzte Tische zu quetschen. Man rückt bereitwilligst noch enger zusammen.

Ludwig, Anneliese, Jonny und Fred sitzen zwischen ausgemergelten Asylgestalten, die hier die Hülmerleiter ihres Lebens mit Koks und Korn mit 'n Punkt zu vergessen trachten. (Koks: Rum mit einem Stückchen Zucker. Korn mit 'n Punkt: Kümmel mit einem Tropfen Himbeere.) Jonny bestellt eine Tischlage Koks. Die Asylisten halten mit, selbstverständlich. Ein Alter mit langem, weißem Vollbart ist noch beim

Abendbrot. Die linke Hand hält ein halb eingewickeltes Wurstende, von dem das Kartoffelschälmesser in der Rechten Stück um Stück abschneidet und es, begleitet von einem Brothappen, zum Munde führt. Das Greisengesicht mit dem wuchernden weißen Haar wirkt wie ein Überbleibsel aus jenen vormärzlichen Filmen, wo das brave Kind am Gartenzaun dem guten alten Mann einen Sechser in den Schlapphut wirft. »Na, Vater, willste noch nich bald nach Hause gehn?« fragt Fred. »Nach Hause?« Der Alte blickt kurz auf, um sich dann wieder seinem Wurstende, das jetzt schon zum Zipfel geworden ist, zuzuwenden. Dann: »Heut keilt a mir doch raus, der *Bost*; vier Nächte Schlafjeld kricht a schon, nu is Schluss, sacht a.«

Ruhig, sachlich, überzeugt davon, dass der Bost im Recht ist, kommen die Worte, unterbrochen von mummelndem Zerkauen der Nahrung, heraus. Die Hitze im Lokal lässt den Schweiß in ganzen Rinnsalen von seinem zerfurchten Gesicht laufen. Aber der Alte ist nicht dazu zu bewegen, seinen Mantel auszuziehen. Wahrscheinlich hat er kein Jackett darunter. Den Hut nimmt er ab. Das schlohweiße Haar legt sich über die Ohren und den Mantelkragen. In dem kupferroten Gesicht liegen die Augen eines geprügelten Hundes. Der zweite Schnaps und eine Zigarre machen den alten Bettler etwas selbstbewusster. »Wo kommste denn jetzt noch her, Vater?« Er war im Westen, in der Gegend des Wittenbergplatzes, auf der Betteltour. Hintertreppauf – hintertreppab. Seit neun Uhr früh ist er unterwegs. Und alle die ›feinen Herrschaften‹ der dortigen Gegend haben, zusammengelegt, zweiundsiebzig Pfennig, einige Brotkanten und – der Alte zeigt sie stolz – zwei Glacéhandschuhe allzu großer Ähnlichkeit, nämlich zwei rechte, entbehren können.

Als er einen Fall erzählt, kommt sogar etwas wie Empörung in seine Stimme: »Ick kloppe, vier Etaschen hoch, an eene Küchentür. Een Dienstbolzen will ma 'n Sechser jehm, da kommt de Madamm. Warum denn die Leutens immer Jeld jehm, ohne dass sie arbeeten davor, sacht die Olle. Der Mann is doch noch sehr ›rüsterig‹, der kann doch den Schlafstubenteppich kloppen. Da kam ma aba de Wut hoch. Jeben Se man her, Ihrn ollen Abtreter, den wer ick schon kloppen. Ick krumma Gustav also vier Treppen runta, jekloppt, und wieda hoch. Und wat sacht die Olle? So, lieber Mann, nu ham se Ihre fünf Fennje auch vadient ... Det wollte nu 'ne feine Dame sind!« – In der Herberge in der Gollnowstraße ist der Alte vier Nächte Schlafgeld schuldig, und wenn er nicht heute mindestens zwei Nächte bezahlen würde, würde der Bost ihn rauskeilen.

»Wie alt biste denn, Vater?« »Vierundsiebzich ... nee: zweeundachtz ... siebzich Jahre.« Er weiß es nicht mehr genau. Geboren ist er in Posen. Ob er nun Pole ist oder Deutscher, er weiß es nicht, es ist ihm auch ganz gleich. In der Jugend war er Melker, der fixeste und ehrlichste – er betont es – auf dem ganzen Gut. Und dann entließ ihn der Gutsbesitzer, der *Gnädige Herr,* weil er einer Kuh, die ihn schlug, in den Leib getreten hatte. Aber das tat nichts. Er musste doch zum Militär. Dann kam die Land-straße. Deutschland, Österreich, Schweiz, Italien, Frankreich und Spanien, alles *per pedes apostolorum[9].* Jahre, Jahrzehnte. Bis er, kurz vor dem Weltkrieg, wieder nach Deutschland kam, als alter Mann. Während des Krieges als Arbeiter in irgendeiner Munitionsfabrik und wieder auf der Walze. Jahre und Jahre.

Bis er in Berlin landete und die Viermillionenstadt seine Landstraße wurde, weil es für weitere Wege an der Puste mangelte. Wo seine Eltern gestorben sind, er weiß es nicht, nicht, wo seine fünf Geschwister, wenn sie noch leben, sind. Er ist noch nie in einem Kino gewesen. Ein Buch ist ihm ein Ding, wo Geschichten drinstehen, und eine Zeitung scheint für ihn nur den tieferen Sinn des Einwickelpapiers zu haben.

Aber eines hat ihn die lange Praxis gelehrt, sei es nun in Berlin, Italien oder irgendeinem oberschlesischen Nest: Geben, Schenken ist nicht des Reichen Sache. Die hetzen Hunde auf den Bettler oder schlagen die Tür zu. Geben mit der Selbstverständlichkeit des Wissens um Hunger und Elend wird nur der Arme. Der oberschlesische Kumpel, der italienische Tagelöhner oder der Berliner Arbeitslose. Morgen will der Alte in die Arbeiterquartiere des Weddings. Die Gegend kennt und schätzt er. »Kupferfennje, nur Kupferfennje. Aba viel Kleenvieh macht ooch Mist«, sagt er und stülpt betulich den Hut wieder auf. Mit Hut sitzt es sich doch besser.

In einer Anwandlung von Großmut geht Fred bei der Clique sammeln, um dem Alten zum Schlafgeld zu verhelfen. Erfolg: zwei Mark fünfund-achtzig Pfennig. Zunächst ungläubig nimmt der alte Bettler die Sechser und Groschen in Empfang. Die wollen sicher einen *Jokus* mit ihm machen. Dann aber, als er das Geld in der Tasche hat, macht er, dass er

---

[9] *Per pedes apostolorum (lat.):* zu Fuß wie die Apostel

aus dem Lokal kommt. Wer hat, hat. Man kann nie wissen: vielleicht versaufen die Jungens alles, und dann verlangen sie das Geld von ihm wieder. Da ist es besser, gleich zu verschwinden. Der Bost wird ihn nicht rauskeilen, er kriegt ja Geld ...

Immer neue Veränderungen merkt Ludwig in der Clique. Fred ist plötzlich Kassierer geworden, und jedes Mitglied hat wöchentlich eine Mark in die Cliquenkasse zu zahlen. Jonny, Hans, Fred und Konrad haben mit Anneliese eine feste Schlafstelle bei einem invaliden Zuchthäusler in der Badstraße. Auch Heinz, Erwin, Walter und Georg haben, je zwei zusammen, dauernden Unterschlupf. Wo die nur das viele Geld herhaben, sinniert Ludwig. Zu fragen traut er sich nicht. – Die Jungens brechen auf. In dieser Fülle kann man ja doch kein Wort reden. Sie beschließen, nach dem Schlesischen Bahnhof zu fahren und ins *Café Messerstich* zu gehen.

Warum das Café Messerstich erstens Café genannt wird und nicht Kneipe, bleibt genau so unerfindlich wie zweitens der blutige Spitzname Messerstich zustande gekommen ist. Die Stammgäste: Orgeldreher, Hofsänger, Lumpensammler, auch Naturforscher genannt, die zumeist mit irgendeinem Gebrechen behafteten Bettler und Bettlerinnen schätzen einen Messerstich nur, wenn er einem nahrhaften Braten oder wenigstens einem Wurstende verabreicht wird. Die Spezialität des Wirtes sind unerhörte, förmliche Masteisbeine in Gelee. Die Clique räumt mit allen Beinen auf und veranstaltet ein ausgedehntes Abendessen. Abgenagte Beine und Beinknochen türmen sich auf dem Tisch, der Wirt muss über die Straße schicken, um beim Bäcker hintenherum neue Schrippen zu holen. Alle futtern wie die Scheunendrescher.

An der Theke lehnt ein invalider Orgeldreher. Der linke Rockärmel hängt schlaff und leer herab. Die rechte, einzige Hand des Invaliden hält ein großes Schnapsglas und führt es zum Mund. Ein Schluck. Die schnapsnassen Lippen formen sich zu einem eigenartigen Pfiff. Wie auf Kommando flitzen aus den beiden Rocktaschen je zwei große weiße Ratten. Klettern behände auf die Schultern des Invaliden und machen Männchen. Gelächter und Beifall der umstehenden Gäste. Der Invalide ist ob seiner Rattendressur geschmeichelt, er nimmt das noch halb volle Schnapsglas und hält es jeder Ratte unter die Nase. Jeder Rattenkopf beugt sich in das Glas und schlürft eine Kleinigkeit des süßen Schnapses. Wieder ein Pfiff. Die Ratten verschwinden gehorsam in den beiden

Rocktaschen. Zufrieden trinkt der Invalide den Rest des Schnapses. Die Tiere begleiten ihn auf seiner Tour. Machen Männchen zu der Musik, flitzen ins Hosenbein des Invaliden und kommen am offenen Hemdkragen wieder heraus. *Rattenpaule* ist ein Prominenter seiner Zunft und soll vermöge der Zugkraft seiner dressierten Ratten nicht schlecht verdienen.

Satt und faul sitzen die Blutsbrüder vor ihrem Bier. Anneliese rutscht unruhig auf ihrem Stuhl herum. Sieht mit ängstlichen Augen nach einem Tisch nahe dem Ofen. Dort sitzt ein junger Bursche und starrt mit feindseligen Augen die Blutsbrüder an. Und wenn sich seine Blicke mit Annelieses unruhigen Augen treffen, wird Anneliese noch unruhiger, noch ängstlicher. Plötzlich steht der Bursche vor dem Tisch der Clique: »Anneliese, komm mal her!« Es klingt brutal und drohend. Schon will Anneliese feige gehorchen, da springt Jonny auf: »Was willst du von dem Mädchen?« »Wat dir nischt anjeht, oller Affe!« ist die nicht allzu freundliche Erwiderung. Mit dem Jonny eigenen urplötzlichen Tempo hat der Bursche eine mächtige Backpfeife weg. Ehe er sie gut verstaut hat, fällt ihn schon ein zweiter Angriff an, und er landet in einem netten Bogen auf der Straße. Traut sich auch nicht wieder ins Lokal. »Wer war das, Anneliese?« fragt Jonny. Anneliese heult. »Na, du weißt doch ... von Friedel Peters seine Clique einer.«

Anneliese war noch vor einer Woche die Liebsche einer anderen Clique, eben jenes Friedel Peters Clique. Aber das Leben bei Friedel behagte Anneliese nicht mehr. Keiner hatte Geld, und eines Tages hatte Friedel sogar gesagt: »Anneliese, du musst anschaffen gehen für uns.« Und da war sie zu Jonnys Clique gekommen, weil die Geld hatte. Anneliese handelte nicht anders als die Liebsche eines Schwerindustriellen, die auch zum Bankdirektor übersiedeln wird, wenn es der Schwerindustrie nicht mehr so leicht fällt, das Nadelgeld für die Liebsche aufzutreiben ...

»Da können wir ja heute Nacht noch 'ne kleine Keilerei kriegen«, sagt Konrad gedankenvoll. »Kannst schon recht haben«, erwidert Jonny. »Franz, zehn doppelte Koks!« bestellt Fred. Zu einer Keilerei *in spe* gehört Schnaps. Jonny hat zwei Schlagringe. Einen gibt er an Konrad ab, der ingrimmig mit dem zackigen Eisen auf den Tisch boxt. »Zehn Schnäpse«, bestellt Jonny. Der schnell hintereinander genossene Alkohol macht die Jungens rebellisch, keilerei-lüstern. Aber keiner kommt und will die Anneliese haben. Anneliese, eben noch feige losheulend, fühlt sich geschmeichelt, dass es ihretwegen vielleicht zu einer Keilerei kommt. Vorerst ist es im Lokal noch sehr friedlich.

Ein junger Mann, Milieufremder, kommt in das Lokal und verhandelt mit dem Wirt. Ein stellungsloser Artist, ein Akrobat. Trotzdem das Lokal jetzt brechend voll ist, bekommt er die Erlaubnis, seine Kraftnummern zu zeigen. So etwas interessiert in diesen Kreisen. Bereitwilligst werden dem Artisten zwei Stühle, die er als Arbeitsgerät braucht, freigemacht. Alle Gäste sind aufmerksam geworden und scharen sich, eine große Familie, um den Artisten, gespannt in Erwartung des Kommenden. Handstand mit einem Arm auf der obersten Kante der Stuhllehne. Der betrunkene, einarmige Rattenpaule grölt von hinten: »Det is janischt, da sollste mir mal sehn ...« Der Artist betätigt sich als Schlangenmensch, verrenkt und verzerrt seinen Körper, bis das Gesicht kupferrot anläuft. Das imponiert. Alles ist von der Arbeit des Artisten gefesselt. Sogar der Wirt drängt sich herzu, und der Kellner lässt das bestellte Bier auf dem Tablett schal werden.

Jetzt kommt der *Zahn-Akt*. Mit den Zähnen hebt der Artist erst einen Stuhl hoch und beschwert ihn dann noch mit dem zweiten Stuhl. Das ist der Clou seiner Leistungen. Der Zahn-Akt imponiert gewaltig. Zumal man dem Gesicht des Artisten die ungeheure Anstrengung deutlich ansieht. Verzerrt, blutrot ist es, die Augen treten aus den Höhlen, der ganze Körper zittert. Die Gäste sind restlos begeistert. Beste Gelegenheit für den Artisten, einsammeln zu gehen. Erfolg: bare eine Mark und achtzig Pfennig. Auch in Bettlerkreisen lässt man sich nicht lumpen, wenn die Leistung danach ist. Der Artist wird von Rattenpaule zum Schnaps eingeladen. Verstohlen wischt er sich Blut aus den Mundwinkeln. Der barbarische Zahn-Akt hat ihm das Zahnfleisch zerrissen.

Die bewiesene Kraft des Artisten ist nicht dazu angetan, den lodernden Kampfesmut der Blutsbrüder zu kühlen. Wenn der Friedel Peters und seine Kumpane doch nur kommen würden, um Anneliese zurückzuholen! Junge, Junge, würden die Biergläser fliegen, die gerupften Stuhlbeine durch die Luft sausen! Aber nichts geschieht. Wenn die eben so feige sind und die Keile, die ihr Kamerad besehen hat, ungerächt lassen, sollen sie. Gehen wir, haben lange genug gewartet. Wohin? Zur *Tante Minchen* an der Warschauer Brücke. Da ist vielleicht Schwof. Jonny zahlt die Zeche von über dreißig Mark. Wo die nur das viele Geld herhaben, denkt Ludwig wieder.

Auf der stillen Straße ist nichts von lauernden Cliquenburschen zu sehen. Am Schlesischen Bahnhof vorbei biegen die Blutsbrüder in die tote Mühlenstraße ein. Hundert Meter vor ihnen läuft jemand eilig über die Straße und ist im Schatten der Häuserfronten verschwunden. Die Clique geht in zwei Viererreihen, zwischen ihnen die angstbibbernde Anneliese und der Jüngste, Walter. Wieder eilt jemand über die Fahrbahn. Diesmal können sie erkennen, dass es der Bursche ist, der von Jonny die freibleibenden Keile bezogen hat. »Hast du den Schlagring, Konrad?« fragt Jonny. »Na und ob!« erwidert Konrad. Die hundert Meter sind zurückgelegt. Die Mühlenstraße weitet sich zum Rummelsburger Platz.

»Raus!!« brüllt es in nächster Nähe der Clique. Vor und hinter den Blutsbrüdern spritzen zehn, zwölf Cliquenburschen aus dunklen Haustoren. Die vordere Reihe der Blutsbrüder mit Jonny und die hintere mit Konrad fangen den Angriff auf. Walter eilt mit Anneliese auf die andere Straßenseite, kann es aber in der Etappe nicht aushalten, lässt die wimmernde Anneliese im Stich und hopst mitten in den Knäuel der sich balgenden Burschen. Jonnys und Konrads Schlagringe schmettern auf Kinnladen, sausen auf Oberarmmuskeln und hacken auf harte Schädel. Fast lautlos geht der Kampf vor sich. Beide Parteien wissen, dass, wenn es laut wird, im Nu ein Überfallflitzer zur Stelle ist, und Polizei ist unerwünscht bei dieser internen Auseinandersetzung.

Wenn nur mehr Licht wäre. Blutsbruder fährt Blutsbruder in die Kledasche, und bei der Gegenpartei ist es nicht anders. Für die Angreifer sieht es bereits kritisch aus, die Schlagringe sind zu hart für ihre Schädel. Da fällt ein Schuss. Peng! Wie ein Peitschenknall. Walter trudelt in den Rinnstein, hält seinen linken Unterarm: »A u...uhh!« Der Schuss, der Schrei des Getroffenen sind für die Petersjungens Signal genug. Sie reißen aus. Die Blutsbrüder stehen keuchend allein da und bemühen sich um Walter, der beharrlich sein »Au...uhhhh« in die Stille brüllt.

Da öffnen sich auch schon Fenster. Nachtjacken und Netzhemden schreien fröstelnd »Mord« und »Polizei« und »Überfall«. »Weg!« kommandiert Jonny. In Richtung des Schlesischen Bahnhofes rennen sie. Jonny und Konrad stützen Walter. Ludwig und Georg haben die heulende Anneliese beim Wickel genommen. In der Fruchtstraße erwischen Jonny und Konrad eine Taxe, sie stupsen Walter hinein und springen nach. Aus dem Fenster schreit Jonny: »Alle nachfahren ... Badstraße!«

Dann ist der Spuk vorbei. Die Clique flitzt paarweise auseinander. Paarweise nehmen sie sich Taxen mit dem Ziel Badstraße.

Gotthelf, ehemaliger Zuchthäusler, jetzt treusorgender Cliquenvater, ist nicht weiter erstaunt, als seine Schlafburschen mit dem blessierten Walter ankommen. »So wat passiert in Berlin«, sagt er nur und besieht sich die Wunde. Zum Glück nur ein Streifschuss. Konrad kommt mit dem aus einer Nachtapotheke besorgten Verbandszeug. Allmählich kommen auch die anderen Blutsbrüder. Walters Wunde wird ausgewaschen und verbunden. Soll er morgen zum Arzt gehen? Riskant. Der Arzt wird fragen. Aber Gotthelf weiß Rat. Er kennt einen versoffenen, heruntergekommenen Apotheker. Der soll Walter in Behandlung nehmen. Walter ist ganz vergnügt, seine Rolle schmeichelt ihn, und die Wunde schmerzt nicht besonders. Er soll schlafen. Vorher bekommt er noch einen ordentlichen Schnaps. »Schnaps is immer jut«, sagt der weise Gotthelf.

Drei Uhr morgens ist es. Konrad und Jonny, Hans und Fred sind ja zu Hause. Jonny wird bei Hans mit ins Bett kriechen, damit Walter nicht gestört wird. Die Jungen, die nicht bei Gotthelf wohnen, verabschieden sich. Anneliese gehört heute Nacht zu Ludwig und geht mit ihm in seine Schlafstelle in der Grenadierstraße. – –

Kapitel 13

DIE BESCHEIDENE GLÜCKSSTRÄHNE des zweimaligen nächtlichen Schneefalles ist zu Ende. Regen, endlos und eintönig, strippt auf den Asphalt. Regen, der zerlatschte Schuhe aufweicht, bis der glückliche Besitzer nur noch schwammige Lappen an den Füßen zu haben glaubt.

Willi Kludas steht auf dem nächtlichen Hermannplatz in Neukölln und starrt gedankenlos in die aufflammende und wieder verlöschende Lichtreklame eines hausfrontgroßen braunen Bären, der sich eine Zigarette anzündet und behaglich Glühbirnenrauch pafft: *Berlin raucht Juno.*

Mit dem Nachtquartier bei der schlesischen Olga war es aus. Zwei Nächte hatte sie ihm gestundet. Dann aber wollte sie bezahlt sein, wenn auch auf dem bei ihr üblichen Wege. Und das ging doch nicht, schon wegen seiner Krankheit. Ach, die Krankheit. Dass das auch noch kommen musste. Und gleich bei dem ersten Mädel. Am nächsten Abend hatte er Elly aufgelauert und ihr die Adresse im Köllnischen Park gegeben. Morgen bin ich wieder hier. Wenn du mir dann nicht solche

Karte zeigen kannst, zeige ich dich bei der Polizei an, hatte er patzig gedroht und war gegangen. Am nächsten Abend wartete Elly mit der grauen Karte bereits auf ihn. Nur die Karte hatte er sich angesehen, die Elly hatte er gar nicht beachtet. Nischt zu fressen, keine Bleibe und dann noch so eine eklige Krankheit. Mist, verfluchter! Die Medikamente muss er ständig mit sich herumschleppen. Wo soll er sie auch lassen? In drei, vier Tagen werden Sie die Sache los sein, hatte der Arzt gestern gesagt. Und das mit der Blutprobe war noch gut abgelaufen. *Negativ* hatte er nach drei Tagen erfahren.

Wenn doch bloß der Regen aufhören wollte. Immer im Hausflur stehen. Bis ihn mal 'n Schupo fragt. Da drüben, die großen Kneipen, wie die gerammelt voll sind. Die haben's gut, da drin. Die können Juno rauchen, trinken und essen und ausruhen in der Wärme. Ob er mal reingeht, da in das Braustübl, und sich auch an einen Stehtisch stellt? Merkt doch kein Mensch bei dem Gedränge, dass er nichts verzehrt. Wenigstens die Lumpen auftrocknen und im Warmen stehen.

Er geht über die Straße in das Lokal. Zwängt sich durch die Gäste und geht nach hinten zur Toilette. Dann wird er langsam zurückgehen an seinen Platz am Stehtisch, neben der Heizung. Und leere Gläser stehen auch genug herum, er hat gerade eben ausgetrunken und wird sich jetzt überlegen, ob er noch eine Molle trinken will ... Auf der Toilette zupft Willi sich ein wenig zurecht. Drückt die Nässe aus den Hosenbeinen und aus dem Jackett. Was da für Wasser rauskommt ... Unter der Wasserleitung schlürft er durstig aus der hohlen Hand. Ich trink' meine Molle auf 'n Lokus, denkt er dabei. Pomadig, den Vollbesitz einigen Silbergeldes mimend, geht er wieder durch das Lokal. Niemand beachtet ihn, als er an seinen Platz tritt. Vor ihm steht ein halbvolles Bierglas. Ist der schon weg? Abwarten.

Mit dem Hintern drückt er sich an die Heizung. Das tut gut. Aber bald muss er wieder abrücken, das nasse Zeug dampft, als sei es aus dem Waschkessel gekommen. Die gleich ihm am Tisch stehenden Gäste machen ihre harmlosen Witze über den dampfenden Willi. Grient ihr nur, ihr Armleuchter. Ihr habt zu rauchen und zu trinken, und wenn ihr Hunger hättet, würdet ihr euch wohl eine Bockwurst vom Büfett holen. Und 'ne Bleibe habt ihr sicher auch. Niemand kommt, um die halbe Molle vor Willi auszutrinken. Ist wohl weg, hat wohl schon so viel, dass er nicht mehr mag. Willi sieht auf die Uhr über dem Büfett: gleich zwei

Uhr. Um sieben kann er in die Wärmehalle gehen. Noch fünf Stunden. Am Stehtisch wird es leer, Willi reklamiert endgültig den schalen Bierrest als sein Eigentum. Jetzt kann er bis drei Uhr stehenbleiben, kann ihm keiner verwehren.

Ein neuer Gast, junger Mensch wie Willi, kommt ins Lokal. Holt sich beim Zapfer ein Glas Bier und fünfundzwanzig Zigaretten, nimmt beides und geht an Willis Tisch. Der hat, denkt Willi, gleich fünfundzwanzig Stück. Der Fremde trinkt sein Bier, zündet sich eine Zigarette an und wirft einen kurzen Blick auf Willi. Beide sehen sich an. Verflucht, woher kenn' ich den, denken dann beide. Auch Willi kommt der Junge plötzlich bekannt vor. Zwei Minuten vergehen. Jeder wühlt in seinem Verstandskasten nach dem erlösenden »Woher kenn' ich den?« Die Jungens umlauern sich, aber keiner wagt es, den anderen zu fragen.

Bis der Fremde sich entschließt und Willi anspricht: »Kennen wir uns nicht?« »Ich glaub' auch ...«, antwortet Willi. »Warst du nich mal in der Fürsorge in H.?« fragt der Fremde weiter. Da gehen Willi plötzlich alle Lichter auf: »Ludwig! Mensch, was machst denn du?« Auch Ludwig ist jetzt im Bilde: »Willi, nich? Willi aus Saal 2, nich?« »Na klar!« Zwei aus H. *Geflitzte* haben sich gefunden. Ludwig ist vor zwei Jahren geflitzt, Willi vor kaum zwei Wochen. »Na, Mensch, so was!« »Na, so was, Ludwig!« »Wollen wir uns setzen?« schlägt Ludwig vor. »Ausgemistet, Ludwig«, antwortet Willi. »Macht nischt, Willi, komm, ich hab' Geld.«

Sie finden einen kleinen Tisch für sich. Für Ludwig ist ausgemistet und Hunger haargenau dasselbe. Deshalb fragt er gleich: »Also, was willste essen, Willi?« und schiebt ihm die Speisekarte hin. »Bockwurst oder so ...« »Hat sich wat mit Bockwurst! Orntlich was Warmes.« Er sieht selbst auf die Karte. »Eisbein und vorher Erbsensuppe«, entscheidet er für Willi. Ludwig bestellt das Essen für Willi und für beide Bier und Kognak. Ihnen beiden steht die Freude in den Augen. Die Freude, einen Genossen aus derselben Anstalt gefunden zu haben. Die Freude des Erzählens und Anhörens, wie jeder die Flucht aus der Anstalt bewerkstelligte. »Du isst erst mal«, bestimmt Ludwig und beginnt mit der Schilderung seiner Flucht aus H. Und wenn Ludwig fragt: »Weißte noch, wie der kleine Heini und ich ...« und »Kannste dir noch entsinnen, wie der Direktor ...«, dann kann Willi, mit vollen Backen, nur eindringlich und bestätigend »Hmm ... hmm ... hmm!« antworten.

Und Ludwig berichtet. Von seinen Irrfahrten, bis er überhaupt in dem ihm völlig fremden Berlin war. Von dem Hungerleben, vom Übernachten in Eisenbahnwagen, in Abbruchruinen und halbfertigen Neubauten. Vom Anbieten seines Körpers, um nicht vor Hunger zu verrecken wie die elendeste Katze. Von gelegentlichen kleinen Notdiebereien. Bis er Anschluss an die Blutsbrüder fand. Und dann die Erlebnisse der letzten Monate, die Gefängniszeit. Wie er dem Transporteur ausrückte. »Und nu bin ich polizeilich gemeldet und heiß' August Kaiweit«, schließt Ludwig seine Schilderung. Willi erzählt den Verlauf der letzten Wochen. Vieles deckt sich mit den Erlebnissen Ludwigs und hundert anderer Jungen, die den Hunger in der Freiheit dem Halbwegs-satt-sein in der Fürsorge vorziehen. Für Ludwig steht es fest, dass Willi zur Clique kommt. Er wird es schon mit Jonny regeln, dass Willi nicht erst die Lehrlingszeit in der Clique durchzumachen braucht. Und Willi möchte mit beiden Händen zugreifen. Es graut ihm davor, wieder allein zu sein, in dem endlosen, unbarmherzigen Berlin. Mit Kameraden trägt sich alles viel leichter. – Polizeistunde wird geboten. Untergehakt gehen sie zum Nachtomnibus. Vorläufig wird Willi bei Ludwig schlafen.

Am nächsten Morgen wird Willi in der Rückerklause der Clique vorgestellt. Alle Jungens sind da. Auch Walter. Er trägt noch einen Verband am linken Unterarm und fühlt sich als Held. Jonny beguckt sich Willi, fragt ihn aus. Ein Fremder, von dem man nichts weiß, der ja alles gelogen haben kann, was er erzählt, in einer Clique? Ausgeschlossen. Aber hier liegt der Fall ja anders. Ludwig bürgt für Willi. Jonny hat nichts gegen ein neues Mitglied. Die Jungens sollen ihre Meinung sagen. Wenn Ludwig glaubt, dass der Willi richtig ist: gut, soll er Mitglied werden. Willi wird von jedem mit einem Handschlag als Blutsbruder begrüßt. Ein feierlicher Umtrunk gibt der Neuaufnahme Rechtskraft.

Cliquentaufe? Held Walter fragt lüstern. Wenn auch Willi die Lehrlingszeit, die ihn zum Schuhputzer aller degradiert hätte, erspart bleibt, die Taufe bleibt keinem erspart. Jeder muss sie über sich ergehen lassen. Und wenn er die Taufe, die zugleich das Gesellenstück darstellt, einmal nicht bestanden hat, dann wieder und wieder, bis es klappt. Ohne bestandene Taufe bleibt jeder unwürdig, der Clique als dauerndes Mitglied anzugehören. Die Taufe bei den Blutsbrüdern besteht in der Aufgabe, im Laufe einer Stunde viermal den Koitus bis zum Orgasmus zu vollziehen, und zwar im Beisein der ganzen Clique und eventueller geladener Gäste. Aber wegen Willis Krankheit wird die Taufe verschoben, bis der Arzt ihn gesund geschrieben hat.

Abends. Die Clique sitzt beim *Kellnermax* in der Linienstraße. Ludwig und Willi müssen gleich kommen. Jonny teilt die Jungens in drei Gruppen ein, die morgen in einem Warenhaus des Ostens zu arbeiten haben. Morgen ist Monatsende und in den Geschäften und Warenhäusern Hochbetrieb. Beste Gelegenheit zu Taschendiebstählen. Der Anführer der dreiköpfigen Gruppe zieht das Portemonnaie, gibt es sofort weiter an den zweiten Mann, der es dann dem dritten Jungen zusteckt. So arbeiten im Hause verteilt drei Gruppen. So arbeitet die Clique schon seit Monaten. In Warenhäusern, auf Wochenmärkten und in den Markthallen.

Meistens müssen die mageren Geldbörsen der Proletarierfrauen dran glauben. Man braucht nur hineinzugreifen in die Einkaufsnetze, in die Körbe und Taschen. Schön obenauf liegt das Geld. Die Unterstützungskröten, der Wochenlohn, das ganze Monatsgehalt. Auf die Idee der Taschendiebstähle hat Fred die Clique gebracht. Die Idee hat sich als so gut erwiesen, dass alle stets mit Geld versehen sind. Solange Ludwig im Gefängnis war, ging alles gut. Am Tag, wo Ludwig sich wieder einfand, gab Jonny den strengen Befehl, vorläufig dem Ludwig die Herkunft der Geldmittel zu verschweigen. Jonny hatte Ludwig im Verdacht, dass er nicht so ohne Weiteres mitmachen würde. Er wollte ihn erst herumkriegen. Ihn füttern mit Geld, um dann, wenn Ludwig zurückschrecken würde, zu sagen: ›Was willst du denn? Du hast doch das viele Geld von uns genommen! Dass wir es nicht in der Lotterie gewonnen haben, hast du dir doch wohl denken können. Also, nun sei nicht dumm und mach mit.‹

Willi kommt in das Lokal. Aufgeregt, ohne Ludwig: »Ihr sollt alle rumkommen zu Schmidt, Ludwig wartet da. Er hat den Gauner, der ihm den Gepäckschein angedreht hat!« Ei verflucht! Die Aufregung. Schnell zu Schmidt. In Gruppen, unauffällig gehen sie. Ludwig sitzt an einem Tisch bei der Musik. Jonny, Willi und Fred setzen sich zu ihm, die anderen bleiben in Türnähe. Falls der Junge flitzen will ... Da hinten sitzt er, mit einem Mädel. Ein Bengel von zwanzig Jahren, forscher Sportanzug, feiner Mantel, tipptopp. »Ist er es auch bestimmt, Ludwig?« fragt Jonny. »Gar keine Frage!« Jonny geht an den Tisch. In seiner kurzen, bestimmten Art fordert er den Eleganten auf, mit nach hinten zu kommen.

In einer Ecke deutet Jonny auf Ludwig, der hinzugekommen ist. »Hier, meinen Kollegen kennst du wohl noch, was?« »Wat wollt ihr eigentlich? Ich kenn keinen von euch!« antwortet der Fremde. Jetzt hat Ludwig auch seine Stimme wiedererkannt. »Du kennst mich nicht mehr? ... Stettiner Bahnhof ... Gepäckschein ...«, sagt Ludwig langsam. Der Elegante wird rot und blass, dann sucht er sein Heil in der Frechheit: »Ach, du bist der Gauner! Ausgerückt biste mit dem Koffer!« Jonnys Faust trifft ihn kurz und hart unter dem Kinn. »Nu pass mal auf, mein Lieber. Der hier, mein Freund, hat deinetwegen über acht Wochen in Untersuchung gesessen und hat vier Monate gekriegt. Du kannst dir nun aussuchen, was du willst, entweder wir holen sofort einen *Grünen* und lassen dich hochgehen, oder aber du kommst hübsch artig mit uns. Die Sache muss doch geregelt werden, nicht?«

Der Elegante steht klapprig und blass an der Wand. »Mit euch, wohin?« »Das soll dir piepe sein. Umbringen werden wir dich nicht. Nu sag mal deiner Kalle da, dass du was zu erledigen hast, und dann komm.« Der Bursche geht zu dem Mädchen, Jonny und Fred stehen vor der Tür. »Wohin mit ihm, Jonny?« »In Ullis Laube, Koloniestraße.« Fred fährt in einer Taxe voraus, um Ulli aufzustöbern. Der Elegante geht zwischen Jonny und Ludwig. Die anderen Blutsbrüder folgen in einigem Abstand.

Als sie auf dem Laubengelände ankommen, ist alles vorbereitet, um über den Gauner zu Gericht zu sitzen. Ulli, der Bulle, ist mit einigen seiner Jungens anwesend. Ein Posten wird ausgestellt, um vor Überraschungen sicher zu sein. Ulli, der Unbeteiligte, fungiert als ›Richter‹, Jonny ist der ›Staatsanwalt‹, Ludwig der ›Belastungszeuge‹. Der *Angeklagte* sitzt auf derselben Apfelsinenkiste, die vor einiger Zeit, anlässlich Ullis Geburtstag, mit Schnapsflaschen bestellt war. Als ›Anwalt‹ wird Heinz bestellt. Der Angeklagte gibt an, Herrmann Plettner zu heißen. Wovon er lebe, fragt Richter Ulli. »Geht euch nischt an.« »In Fürsorge gewesen?« »Lasst mich in Ruh mit eurem Quatsch!« Ludwig schildert jetzt den Hergang. Wie der Herrmann ihn vor Aschinger ansprach, ihm den Gepäckschein und eine Mark gab und wie er, Ludwig, verhaftet wurde. Der Angeklagte hat das Wort. »Hab nich gewusst, dass der Schein geklaut war. Hab ihn gefunden.«

Staatsanwalt Jonny spricht: »Ein ganz gemeiner Fetzen ..., hätte sagen sollen, dass er den Schein geklaut hat und mit Ludwig teilen wolle. Dann wäre das eine saubere Sache gewesen. Aber so: ein Gauner, der zu feige ist, selbst die Kastanien aus dem Feuer zu holen und lieber einen Unschuldigen für eine lumpige Mark vorschickt unter der Vorspiegelung, der Schein sei sein rechtliches Eigentum. Ein Strolch, der keine Milde verdient. Strafe: fünfundzwanzig Schläge mit der Hundepeitsche auf das nackte Gesäß. Nimmt der Angeklagte die Strafe nicht an, sofortige Auslieferung an die Polizei ...« Herrmann Plettner war aufgesprungen, als er den Strafantrag hörte. Anwalt Heinz kann nur auf die schwache Möglichkeit hinweisen, dass der Herrmann den Schein vielleicht doch nur gefunden hat. »Ob geklaut oder gefunden, bleibt eine Wichse. Jedenfalls hat der Dreckstiebel geschwindelt und wohl gewusst, dass Ludwig bei der Sache hochgehen kann!« fährt Jonny dazwischen.

Richter Ulli geht nach draußen um zu beraten. Als er wieder in die Laube kommt, heult der Angeklagte bereits. Urteil: Auslieferung an die Polizei oder fünfundzwanzig Schläge mit der Hundepeitsche. Nach jeweils zehn Schlägen hat eine Erholungspause von zehn Minuten einzutreten. Die Strafe ist sofort zu vollstrecken. Herrmann Plettner liegt zusammengekauert in einem Winkel und heult und winselt. »Also was ist? Polizei oder Senge?« fragt ohne Rührung Jonny. Der Verurteilte rutscht auf Knien zu Jonny, zu Ludwig, wen er gerade erreicht: »Bitte, bitte, lasst mich doch laufen ... ich geb euch ... hier, meine Uhr und mein Geld ... über zwanzig Mark ... lasst mich doch laufen!« »Polizei oder Senge? Mal 'n bisken dalli!« Heulen, Betteln, Winseln, aber keine Antwort. »Also Polizei. Ludwig komm mit«, entscheidet Jonny. »Nein, nein ... schlagt mich.« Also lieber Senge.

Die Apfelsinenkiste wird in die Mitte der Laube geschoben. Wer ist der Henker? Ludwig, du? Ludwig lehnt schnell ab. Fred meldet sich freiwillig, zieht Mantel und Jackett aus und hat auch schon die lederne Hundepeitsche zur Hand. »Hose ausziehen, Plettner!« Der Verurteilte muss sich über die Kiste legen. Zwei Jungens halten die Beine fest, zwei drücken den Kopf in die ausgezogene, zusammengeknüllte Hose, um die Schmerzensschreie zu ersticken. Der erste Schlag zischt auf das nackte Fleisch. Der Körper bäumt sich auf und die vier Gehilfen müssen mit aller Kraft festhalten. Nur leise gurgelt das Schreien aus dem Tuchbündel. Schlag auf Schlag saust. Jonny zählt kalt und unbarmherzig. Ludwig hat sich abgewendet. Die ersten zehn Schläge.

Zehn Minuten Pause. Plettner liegt neben der Kiste. Die Striemen auf dem Gesäß schwellen blutrot an. »Bitte, bitte ... nich mehr ...«, geht das Winseln wieder an. »Weiter«, befiehlt Jonny. Die nächsten Schläge zerschneiden die prall geschwollene Haut über den Striemen. Blut spritzt auf, fließt auf die Oberschenkel. Grausam, nicht im mindesten nachlassend in der Wucht der Schläge, beendet Fred die zweiten zehn Schläge. Das Gesäß ist blutüberströmt. Plettner, freigelassen, liegt regungslos über der Kiste. »Wasser«, fordert Jonny. Ein halber Eimer wird ausgeschüttet über Plettners Kopf und das Blut abgewaschen. »Jonny, mach Schluss«, bittet Ludwig. Ulli soll entscheiden, ob Plettner die restlichen fünf Schläge noch bekommen soll. »Lass ihn laufen.«

Mit dem Laufen ist es vorläufig nichts. Plettner, auf die Beine gestellt, sackt sofort wieder zusammen. Einer soll Schnaps besorgen. Nasse Taschentücher werden auf das rohe Fleisch des Gesäßes gelegt, dann wird dem Abgeurteilten die Hose angezogen. Auf dem Bauch liegt er und winselt leise und schwach wie ein kleines Kind. Eine Portion Rum bringt ihn wieder hoch. Jonny spricht ihn an: »Die letzten fünf Schläge sind dir geschenkt. Kannst dich dafür bei Ludwig bedanken. Für uns ist die Sache jetzt erledigt. Wenn du schlau bist, lässt du sie auch für dich erledigt sein. Du weißt, wir haben dich immer in der Hand.«

»Soll er sich denn nich bedanken für die Senge?« fragt, noch nicht befriedigt, Fred. »Ja, bedanken muss er sich, das ist nicht mehr wie anständig«, fällt auch Ulli ein. Herrmann Plettner muss sich *bedanken*. Er humpelt zu Ulli: »Ich ... danke.« »Nee, mein Junge. Du musst sagen: Ich danke auch schön für die Prügel.« Plettner beginnt wieder: »Ich danke ... auch schön für ... die ... Prügel ...« Fred muss wieder alle übertrumpfen. Er zwingt Plettner, die Peitsche, an der sein Blut klebt, zu küssen. Zwei Jungens nehmen ihn dann in die Mitte und führen ihn auf die Koloniestraße. Sie sehen, wie er sich Schritt für Schritt an Planken und Zäunen entlang tastet ... Das Cliquengericht hat die gemeine Tat blutig gerächt. – –

Kapitel 14

JONNY HAT LUDWIG UND WILLI allein vorgenommen. »Heute Nachmittag gehen wir arbeiten. Ihr sollt erst mal zusehen, wie wir es machen. Du, Ludwig, gehst mit der Gruppe Fred, und du, Willi, kommst mit mir. Nur zusehen sollt ihr heute, aufpassen und lernen.« Nun endlich weiß Ludwig, wo das Geld herkommt. Taschendiebstähle! Ludwig hat keine Gelegenheit mehr, mit Willi allein zu sprechen. Beide schweigen zu Jonnys Eröffnungen. Heute haben sie ja nur passive Rollen. Zu den Diebstählen selbst werden sie sich nicht hergeben. Jeder denkt es für sich und will mit dem anderen reden.

Schon am Alexanderplatz trennt sich die Clique auf dem Weg nach dem Osten. Jeder geht für sich. Ludwig folgt Fred, Willi geht hinter Jonny. Die Gruppe Fred arbeitet im Parterre des Warenhauses, Gruppe Jonny in der Lebensmittelabteilung, und Konrad und Hans arbeiten in den Fahrstühlen. Ludwig sieht, wie Fred sich an einen Restestand drängt, der von Frauen umlagert ist. Die beiden anderen drängen nach, Fred wird an die Frauen gedrückt. Diese Sekunden nutzt Fred aus. Seine Hand gleitet in eine Wachstucheinkaufstasche. Eine kleine Geldbörse wandert von Fred blitzschnell in Georgs Hand, von Georg sofort zu Erwin. Fred geht weiter. Auch Georg, auch Erwin.

Das sanfte Anrucken des Fahrstuhles lässt Konrad auf eine Frau fallen. Er entschuldigt sich. Seine Hand gibt hinter dem Rücken ein kleines Täschchen weiter ...

Jonny drängt sich an einen Stand, wo gefrorene Gänse verkauft werden. Ein unheimliches Drängen und Schieben wegen der billigen Ware. Die Augen der Käuferinnen sind ganz bei den Gänsen, eine Hand prüft die Qualität. Eingekeilt hängen die Taschen und Netze. Kinderspiel, denkt Jonny und gibt ein Portemonnaie weiter. – Nach jedem Griff hat jede Gruppe sofort in eine andere Abteilung des Warenhauses zu gehen. Eine Stunde nur soll im Haus gearbeitet werden. Dann hat jeder den Weg zum Cliquenvater in der Badstraße anzutreten.

Die Clique sitzt in dem fensterlosen Hinterzimmer und sortiert die Beute. Fünf Geldbörsen, drei kleine Geldscheintäschchen, sie werden sofort verbrannt. In einer Tasche eine fette Beute: vier Fünfzig-Mark-Scheine, in den beiden anderen Taschen zusammen neunzig Mark. Die fünf Geldbörsen enthalten zusammen hundertacht Mark und vierzig

Pfennig. Briefmarken, Pfandscheine und andere Papiere werden ebenfalls verbrannt. Die Beute einer Stunde: dreihundertachtundneunzig Mark und vierzig Pfennig! Ludwig und Willi sitzen starr. Ihre Gesichter bemühen sich krampfhaft, Freude auszudrücken wie die der anderen. Aber Angst, Entsetzen liegt in den Augen. »Na, Ludwig und Willi? Einfache Chose, nich?« fragt Fred, »Wenn ich nich wäre, säßet ihr heute noch ausgemistet da!« brüstet er sich. Gotthelf bekommt seinen Anteil an der Beute: zwanzig Mark. Jeder Junge erhält dreißig Mark. Den Rest verwaltet Fred, der Kassierer. Ludwig und Willi stecken das Geld ein. Würden sie es zurückweisen, wäre es glatter Verrat und das Schicksal Herrmann Plettners wäre ihnen sicher.

Um zehn Uhr abends wollen sich alle im *Auto-Topp* wiedertreffen. Auch Anneliese wird da sein, dann kann es wieder ein vergnügter Abend werden. Bis dahin mag jeder tun, wozu er Lust hat. Geld hat ja jeder.

Ludwig und Willi setzen sich in eine Kneipe und beratschlagen. Was sollen sie tun? Die Clique dazu anhalten, die Diebstähle zu lassen, ist sinnlos. Jede Clique kennt nur »mit uns oder gegen uns«. Mit uns? »Nein, Ludwig. Das mach' ich nicht!« »Nee, ich auch nich, Willi!« Gegen uns? Auch das nicht. »Macht, was ihr wollt! Aber ohne uns, nich Willi?« »Ja, Ludwig. Aber wie?« »Na, wir hauen ab von der Clique.« Wieder allein. Wieder allein in Berlin? Willi denkt an die furchtbaren Nächte und Tage der Obdachlosigkeit und des Hungers. Aber jetzt hat er ja Ludwig. Zu zweien ist es nicht mehr so schlimm. »Und die dreißig Mark? Wollen wir die zurückgeben oder woll'n wir sie behalten?« fragt Ludwig. Gibt sich selbst die Antwort: »Wenn wir das Geld zurückgeben, sind wir von vornherein pleite.« »Ist schon besser, wenn wir es behalten ...«, sagt Willi langsam und leise, »die Frauen kriegen es ja doch nicht wieder.«

Sie entscheiden sich dafür, einfach zu verschwinden. Die Clique wird dann glauben, sie sind verhaftet worden. Polizeilich gesucht werden sie ja beide. Auch ihr Quartier in der Grenadierstraße werden sie aufgeben. Dort wird die Clique zuerst nachfragen. Die Kleinigkeiten, die sie in der Bude aufbewahren, müssen sie im Stich lassen, wenn sie die abholen, weiß Jonny Bescheid. »Wir müssen von dem ganzen Münze-Kiez verschwinden, Willi. Da sind wir zu bekannt.« »Wohin aber?« Ihr Entschluss macht sie gewiss nicht froh, sie haben sie schon zu oft erlebt, die Zeiten, wo kein roter Sechser in der Tasche war. Aber mit der Clique auf Arbeit gehen? Da können sie sich nur gleich der Polizei stellen. Dass die Clique eines Tages gefasst wird, ist doch todsicher. »Und, Willi, du bist doch bald mündig, dann kann die Fürsorge dir sowieso nichts mehr anhaben. Dann kannst du überall sagen, ich bin Willi Kludas, nu gebt mir mal Papiere und Unterstützung ... Mit mir ist das alles ganz anders. Ich bin jetzt erst neunzehn. Mich können sie noch zwei Jahre festhalten. Aber lieber geh ich bei die Reichen klauen, wenn ich nischt hab'. Die Clique aber ... die beklauen doch immer nur Menschen, die selbst nicht viel haben. Hast gesehn, in die eine Geldtasche war 'ne Stempelkarte. Die müssen jetzt Kohldampf schieben ...«

Sie sitzen vor ihrem Bier und grübeln und grübeln. Ohne gültige Papiere, von der Polizei gesucht und dann nichts anstellen? Das ist ein Kunststück, Ludwig und Willi, das noch keiner fertig gebracht hat. Wäre ja noch schöner, ohne Stempel und ohne Unterschrift ein Leben innerhalb der Paragraphen führen zu wollen! Geht zurück in die Anstalt, aus der ihr entlaufen seid. Zeigt Reue und anerkennt den Zwang. Lasst euch schuhriegeln und gelegentlich auch ohrfeigen bis zum einundzwanzigsten Lebensjahr. Dann wird man wohlwollend erwägen ...

Ludwig und Willi tippeln durch die Menschen- und Lichtfluten der Tauentzienstraße. Ihnen ist, als seien sie in einer fremden Stadt. Berlin. Das war für sie die Münze und der Schlesische Bahnhof. Nie war ihnen der Einfall gekommen, einmal in den Berliner Westen zu gehen. Die grauen Straßen mit ihren ersten und zweiten und noch mehr Hinterhöfen, das war ihre Heimat. Hier sind sie, ja wirklich, hier sind sie in der Fremde. In einer reichen, heiteren Fremde, wie es den Anschein hat. Die Menschen haben alle funkelnagelneue Kleider an, als sei heute ein hoher Feiertag und nicht irgendein Mittwoch. Die Läden gleichen Palästen, in denen seine Majestät, der Kunde, gelangweilt nach irgendeiner kostbaren Kleinigkeit sucht. Und die Frauen. Die Damen. Jede, aber auch jede ist so reich gekleidet, riecht so gut, ist so schön. Selbst die kleinen Hunde, die die Damen an ihren Pelz drücken oder neben sich trotten haben, sind mit bunten schönen Decken bekleidet, haben glitzernde Halsbänder. Und ein Hund, ein Hündchen, winziges weißes Wollbündelchen, trug richtige kleine Lackstiefelchen an seinen vier Pfoten. »Hast gesehn, Willi?«

Eine reiche, schöne Fremde. Was wollen schließlich die paar Bettler bedeuten? Die gehören doch gar nicht in diese Gegend. Die sind doch auch aus dem anderen Berlin, aus irgendeinem muffigen Keller oder dem Quergebäude irgendeines dreckigen Hofes gekommen, um hier zu betteln. Das andere Berlin ... Hier gibt es sicher keine Herbergen wie die der ›schlesischen Olga‹. Und Jungens wie sie sieht man hier auch fast gar nicht. Und wenn, dann gehen sie hier auf den Strich. Manche sind ganz neu angezogen, wenn man hinter ihnen geht, sieht man, dass die Schuhe noch nicht besohlt sind, sauber und lederneu glänzt es zwischen Absatz und Sohle. Die Hosen sind weit und haben eine scharfe Bügelfalte. Und riechen tun die Jungs ... nach Pomade und Parfüm. Die verdienen vielleicht ein Geld ...

Das sind Willis und Ludwigs Gedanken bei ihrem Einzug in das andere, das westliche Berlin. Ihre Heimat, Alex und Schlesischer Bahnhof, wollen sie vorläufig meiden, damit sie nicht den Blutsbrüdern in die Finger laufen. Willi ist seit vier Jahren nicht im Westen gewesen. Und Ludwig hat die Tauentzienstraße nie gesehen. Bis zum Bülowbogen nur war er gelegentlich gekommen. Sie stehen auf dem Kurfürstendamm, Ecke Joachimsthaler Straße und betrachten die Wunder; lassen die endlosen Autoreihen vorübersausen, beobachten das Feuerwerk der sich wie toll gebärdenden Lichtreklamen und lassen sich geduldig stoßen und beiseiteschieben. Gegenüber dem Bahnhof Zoo, in einer Stehbierhalle, essen sie eine Bockwurst und trinken ein Glas Bier dazu. Dann schlendern sie weiter. Planlos, kreuz und quer, bis sie plötzlich wieder am Bahnhof Zoo sind. Unter der Rendezvous-Uhr bleiben sie stehen. »Was machen wir, Ludwig? Ist gleich zwölf Uhr.«

Zwei ältere Herren in Pelzen beobachten Willi und Ludwig, reden miteinander und gehen auf die beiden zu. »'n Abend, Jungens.« Willi und Ludwig schrecken zusammen. Polizei!? Nee, doch nicht, die riechen ja nach Parfüm. »Noch keinen Anschluss gefunden, ihr beiden Hübschen?« Willi und Ludwig sehen sich an: die denken, wir gehen hier auf den Strich. »Wollt ihr nicht mitkommen, einen Schnaps trinken?« fragt der eine der Herren unentwegt weiter. »Mitkommen, wohin denn?« antwortet Ludwig endlich mit einer Gegenfrage. »Gott, irgendwohin, wo es nett ist ...« »In die *Silhouette*«, fällt der andere ein. »Kennen wir nicht, das Lokal«, tut auch Willi den Mund auf. »Also wollt ihr, wir werden euch schon hinführen?« »Also gut, einen Schnaps können wir ja trinken, nich Willi?« »Na gut.«

In der Geisbergstraße. Die beiden Jungen werden in eine Tür geschoben. Als sie den Windschutz auseinanderraffen, prallen sie zurück und wollen kehrtmachen. »Was habt ihr denn, Jungs?« Ludwig murmelt etwas von Arbeitszeug, schlecht angezogen ... so ein feines Lokal ... »Ach, Unsinn!« Dann sind sie im Lokal und werden von einem Smoking in Empfang genommen. »Bitte hier, die Garderobe.« Die Herren ziehen ihre Pelze aus und stehen gleichfalls im Smoking da. Ludwig wird vom

Empfangsherrn der Mantel ausgezogen und betrachtet verlegen sein abgetragenes Jackett und die zerknautschte Sporthose. Willi braucht kein Mantel ausgezogen zu werden. Seine Windjacke trägt ein anderer, und sein Anzug bekam damals unter dem D-Zug Köln–Berlin den Rest. Schamrot wird Willi und hält sich die Hand vor den nackten Hals. Aber weder die Herren Kavaliere, noch der Empfangsherr, noch die nicht minder eleganten Gäste nehmen Anstoß an der Kleidung der Jungen. Im Gegenteil, oft recht freundliche Blicke treffen Ludwig und Willi.

Jeder der beiden Smokings hakt sich bei einem Jungen ein und führt ihn in eine der kleinen Logen. Während die Eleganten mit der Auswahl des Getränkes beschäftigt sind, betrachten die Jungens ihre Umgebung. Klein, intim ist die Silhouette, alles flammt in einem aufreizenden Rot. Vorn eine Bar und Tische, hinten, links und rechts, Loge neben Loge. Rot glüht die Wandbespannung, rot die weichen Teppiche, rotrot die seidenen Schirme der Beleuchtungskörper. Eine schwüle Atmosphäre, noch bewusst unterstrichen durch die Musik. Herren in eleganten Sakkos oder Smokings; Damen in Abendkleidern, dekolletiert die Arme und halben Brüste. Eine überhitzte Atmosphäre pervertierter Erotik. Frauenaugen kranken nach Mädchenblicken, Männer erhitzen sich an männlichem Fleisch. Kein lautes Wort, kein freies Lachen. Wie Explosivstoff liegt es in der Luft.

Willi und Ludwig in ihrer derben Jungenshaftigkeit haben einiges Aufsehen erregt. Begierden, müde der gebadeten und siebenmal gesalbten Körper, flackern nach der weniger sauberen, aber derberen Kost der Proletarierjungen. Der Kellner, der Herr Kellner, so vornehm er ist, hat einen scharf duftenden Schnaps in irisierenden Schwenkschalen serviert. Zigaretten bringt er. Zehn Pfennig, lesen die Jungen auf der Banderole. Der Schnaps fließt wie feuriges Öl durch die Kehle. Der zweite und dritte beseitigen Hemmungen. Willi und Ludwig duzen sich mit den Smokings und erzählen Streiche aus ihrer Fürsorgezeit.

Vor einigen Stunden dachten Ludwig und Willi, als sie die eleganten Strichjungen auf der Tauentzienstraße sahen: die gehen mit den Herren in ein feines Hotel und klettern in weiße Betten ... Um drei Uhr morgens. Vor einem Privathotel in einer Seitenstraße des Kurfürstendamms halten zwei Taxis. Die beiden Smokings und die beiden Jungen, betrunken und apathisch, gehen in das Hotel. Ludwig und Willis erste Nacht im Berliner Westen. Der Weg von Berlin N und O nach Berlin W pflegt sehr häufig über das Bettlaken eines Privathotels zu führen. – –

Kapitel 15

GEGEN MITTAG wachen Willi und Ludwig von einem Lamentieren an der Tür auf. Eines Weibes feister Diskant hinter der Tür fordert die Dreckspatzen auf, endlich das Zimmer zu räumen. Allmählich dämmert es bei den Jungen, wo sie überhaupt sind. In den weißen Betten einer Absteigepension. Die *vornehmen* Herren waren bald wieder gegangen und hatten je einen Zwanzigmarkschein zurückgelassen. Die vornehmen Herren! Mit dem seidegefütterten Smoking legten sie auch die Vornehmheit ab. Übrig blieben zwei schmalbrüstige und fadenscheinige Männlein, deren Brieftasche es ihnen ermöglichte, junge, gesunde, wenn auch unterernährte Menschen zu kaufen. Willi und Ludwig entsinnen sich der Einzelheiten der Nacht. »Pfui Deibel!« sagt Ludwig. »Ja, die Kotze kann einem hochkommen. Nie wieder ...«

Sie ziehen sich an. Die Bordellwirtin kommt ins Zimmer, ohne die Jungen zu beachten. Sieht in die Betten, in den Schrank, revidiert das ganze belämmerte Inventar des Zimmers. »Schade, det Sie gekommen sind, wir wollten grade det Kleiderspinde klauen«, bemerkt Ludwig frech.

Bei Aschinger essen sie zu Mittag. Über fünfzig Mark besitzt jeder. »Du, Ludwig«, beginnt Willi, »hier halt ich es nicht aus. Wo sollen wir hier auch schlafen? Wollen wir nicht wieder nach 'n Norden?« »Aber wo, Mensch, die Clique ist doch überall!« »Du! Neukölln!« kommt Willi der Gedanke. »Neukölln? Ja, da is Jonny wenig. Klar, da machen wir hin. Kurfürstendamm is nischt für uns.«

Im Erfrischungsraum des Warenhauses am Herrmannplatz überlegen sie. Was können wir mit unserem Geld, zusammen hundert Mark, anfangen? In welche Arbeit können wir es als Betriebskapital stecken? Denn arbeiten müssen wir, wollen wir. Gern! Nur nicht wieder zurückmüssen zu den Blutsbrüdern und mit ihnen die Arbeiterfrauen beklauen. Sollen wir handeln? Mit Rasierklingen, mit Bananen, mit Zeitungen, mit Fleckenentfernern? Auf den Wochenmärkten Krawatten zu fünfunddreißig Pfennigen verkaufen oder Spitzen und Strümpfe? Was, was? Aber immer stoßen sie auf das unüberwindliche Hindernis: keine Papiere! Jeder Schupo kann sie wegen unerlaubten Handelns festnehmen. »Nee, Ludwig, das geht alles nicht.« »Aber was machen wir denn, wenn wir die paar Mark aufgefressen haben. Was denn, Willi?« »Dann fängt das alte Scheißleben wieder an ...« Es klingt, als habe ein Selbstmordkandidat gesprochen, dem kurz vor dem letzten Atemzug der Gashahn abgedreht wurde. »Willi, wie fein wär' das: keine Angst vor der Fürsorge haben zu brauchen ... richtige Papiere zu haben ...«

Beide schweigen. Um sie herum der Lärm des überfüllten Erfrischungsraumes. Menschen mit wenig Zeit sitzen bei einem Getränk. Tassenrand am Mund, fällt ihnen plötzlich ein: *Druckknöpfe muss ich noch haben!* Oder: *August wollte doch gern mal Krabben in Gelee essen!* Die Tasse klirrt auf den Untersatz, und der Mensch rast Richtung Fahrstuhl. Aber auch Menschen mit sehr viel Zeit sitzen hier. Die viele Zeit ist so ziemlich ihr einziger Besitz. Hier umkreist sie kein umsatzwütiger Kellner, hier kann man sechs Stunden, acht Stunden bei einem billigen Kaffee sitzen, wenn die Wohnung nur ein kaltes, finsteres Loch ist.

»Du, Willi«, unterbricht Ludwig das Schweigen zögernd, »weißt du, was wir mal versuchen könnten? Ich hab' mal welche gesprochen, die haben das auch gemacht und gut dabei verdient.« »Was denn, was denn?« »Pass auf, Willi: wir nehmen einen Sack. Du 'n Sack und ich 'n Sack. Dann gehen wir von Haus zu Haus, von Tür zu Tür und sagen: Guten Tag. Wir zahlen für alte Stiefel und alte Schuhe bis zu zwei Mark. Haben Sie welche zu verkaufen? Und dann, wenn sie uns welche zeigen, machen wir mies, immer feste mies und geben zuletzt nur 'n Groschen oder zwei für die Trittchens. Und wenn die Säcke voll sind, werden alle Schuhe und Stiefel geputzt und gewienert. Vielleicht könn'n wir auch mit Abfall-Leder die Absätze grade machen oder einen Fleck auf die Sohle nageln. Wenn dann alles in Schuss ist, verkaufen wir den ganzen Brast an Althändler!« Ludwig schweigt und blickt Willi gespannt ins Gesicht. »Nu sprech doch! Was denkste darüber?« »Meinst du denn, dass wir den alten Kram wieder verkauft kriegen?« »Verkauft!« triumphiert Ludwig, »na, Mensch, denkste vielleicht, die Arbeitslosen können sich neue Lack-Töppe von Salamander kaufen? Die müssen doch alle so 'n alten Dreck tragen!« »Aber wo eine Bude herkriegen zum Schlafen und Arbeiten an den Schuhen?« fragt Willi. »Ja, eine Bleibe. Ohne Papiere. Ich hab' ja welche auf ›Kaiweit‹, aber die kann ich auch nich auf der Polizei vorzeigen ...«, antwortet Ludwig.

Seit einem halben Jahr hat die Rentnerin Frieda Bauerbach das Schild aushängen: *Zimmer zu vermieten an 1 oder 2 Herren. Bei Bauerbach. Hof, 1. Keller links.* »Wolln wir mal reingehen, Willi?« »Versuchen könn'n wir's ja.« Keinem Sonnenstrahl ist es je gelungen, den Wohnkeller der Witwe Bauerbach zu ergründen, und das Tageslicht war nur durch ein raffiniertes Spiegelsystem dazu zu bewegen, einige blasse Schimmer in den Keller zu entsenden. Auf das Klopfen öffnet eine freundliche Sechzigerin. Wegen des Zimmers? »Ja, für mich und meinen Bruder«, antwortet Ludwig.

Das Hinterzimmer ist groß und hat auch ein großes Fenster. Die Aussicht: eine üppig wuchernde Schuttablade-Ecke. Inventar des Zimmers: zwei eiserne Bettstellen, ein Tisch, ein Schrank, drei Stühle und eine Waschgelegenheit. In der dunkelsten Ecke schämt sich ein scheußliches Plüschsofa. Kostenpunkt für zwei Personen: wöchentlich zehn Mark, inklusive Kaffee, exklusive Brötchen, Heizung und Gasverbrauch. Die *Brüder* Ludwig und Willi sehen sich fragend an. »Wir mieten«, sagt Ludwig. »Wir heißen Kaiweit. Er Willi und ich Ludwig. Morgen werden wir uns auf der Polizei anmelden. Und jetzt passen Sie mal auf, Frau. Wir handeln nämlich. Wir kaufen altes Schuhzeug und verkaufen es wieder. Und alle Schuhe, so 'n Sack voll täglich, bringen wir hierher und machen sie hier sauber. Sind Sie damit einverstanden?« Frau Bauerbach ist einverstanden. Sie stellt sogar noch eine finstere Kabuse[10] zur Verfügung. Da können die Schuhe gesäubert und aufbewahrt werden. »Geschäft ist Geschäft. Hauptsache, dass es ehrlich ist«, sagt Frau Bauerbach mit pastoraler Würde. »Hier haben Sie die erste Wochenmiete, und unsere Sachen bringen wir noch her.« Sie bekommen die Schlüssel ausgehändigt, und Frau Bauerbach geht mit einem Stuhl nach draußen, um endlich das Schild abzunehmen.

»Nu aber ran an den Kanehl, Willi!« Sie gehen einkaufen. Zuerst Säcke; kosten nur drei Groschen. Dann große Dosen Schuhcreme, diverse Bürsten und Schnürsenkel. Ein paar Pfund Abfall-Leder, ein eiserner Dreifuß, verschiedene Sorten Nägel und Hammer und Zangen, was ein Flickschuster braucht. Für ihre eigenen Bedürfnisse etwas billige Wäsche, Toilettegegenstände und einige Lebensmittel, damit sie nur mittags in der Kneipe zu essen brauchen. Alles wandert in zwei große braune Kartons. Dann gehen sie wieder nach Hause. Nach Hause ... Wie das klingt ... Sie haben ein Zuhause in der Ziethenstraße zu Neukölln.

Frau Bauerbach hat unterdes das Zimmer etwas wohnlicher gemacht. Rücken- und Seitenlehnen des Sofas plustern sich unter weißen Häkeldeckchen, vor den Betten liegen Vorleger aus Flickenmosaiken, und

---

[10] *Kabuse (nordd.):* auch Kabüse; kleiner dunkler Raum

allüberall engelt frisch abgestaubter Nippes. Sogar einen neuen Glühstrumpf für die Gaslampe hat Frau Bauerbach besorgt. Und wenn die Herren – »Herren, haste gehört, Willi?« – Wünsche hätten, eine Tasse Kaffee oder Tee, Frau Bauerbach macht es gern. Glücklich, mit brennenden Backen, stehen die Jungens in ihrem Zimmer. Ja: ihrem Zimmer! Nicht in einem Fürsorgeschlafsaal, nicht in der Herberge, nein: als möblierte Herren, in ihrem Zimmer! Sie packen ihre Einkäufe aus, bringen das Handwerkszeug und das Leder in die kleine Kabuse, in ihre Werkstatt. Auch hier hat Frau Bauerbach einen Glühstrumpf für die verrostete Lampe gestiftet. Willi holt noch einen Zentner Briketts und Holz, und bald strahlt der Kachelofen Wärme aus.

Die Lampe wird angezündet, der Tisch an das Sofa gerückt, und Frau Bauerbach bringt den erbetenen Kaffee zum Abendbrot. In mächtiger brauner Kanne dampft er auf dem Tisch. Auch Tassen und Bestecke hat Frau Bauerbach geliefert. Und jetzt kommt der feierliche Augenblick, wo Willi und Ludwig sich auf das Sofa setzen, um mit dem Abendbrot zu beginnen. Nicht so ein vertrocknetes Brötchen und Bier dazu wie in der Kneipe. Nein, ein richtiges Abendbrot zu Hause. Sie sehen sich beide an, sagen aber nichts. Der Augenblick ist zu groß. Sie haben eine Bleibe nach all dem Dreck, nach all den Entbehrungen … Nach dem Essen sitzt jeder in seiner Sofaecke. Sie rauchen eine Zigarette und überlegen die morgige Tour. Die Jungferntour als Stiefelaufkäufer. Frau Bauerbach kommt noch einmal und bringt eine Weckuhr. Der Wecker wird auf acht Uhr gestellt, und dann gehen sie schlafen.

Am anderen Morgen neun Uhr nehmen sie die zusammengerollten Säcke unter den Arm und besorgen sich auf der Post für zehn Mark Kleingeld. Als Geschäftsmann muss man stets Kleingeld haben, die Kundschaft will schnell und prompt ausgezahlt werden. Alle Straßen links der Berliner Straße sind als Arbeitsfeld bestimmt. Auf dem Hinweg leiern sie sich ihren Vers vor: »Guten Tag. Wir zahlen für altes Schuhzeug bis zu zwei Mark, haben Sie welches zu verkaufen?« …

Ist das nicht ein gutes Zeichen? Bei der ersten, allerallererersten Hausfrau handeln sie zwei Paar Herrenschuhe ein, braun und schwarz. Nach einigem Feilschen zahlt Ludwig sechzig Pfennig aus. Rin in den Sack mit den Trittchens. Hier wird gar nicht geöffnet, dort äugt man sie misstrauisch durch den Spion an. An anderer Stelle kriecht die ganze Familie in verlorene Ecken und Winkel und sucht nach altem Schuhzeug. Bargeld gibt es dafür, und Geld ist im proletarischen Neukölln ein rarer Artikel. Nach zwei Stunden haben sie neun Paar Schuhe und zwei Mark und achtzig Pfennig dafür bezahlt. Unverdrossen geht es treppauf, treppab: »Guten Tag. Wir zahlen ... Wir *zahlen*, das Zauberwort. Um zwei Uhr sind beide Säcke voll. Die Jungens wissen gar nicht mehr, wie viel Paare es sind. Ausgezahlt haben sie rund acht Mark.

Nach Hause, zu Mutter Bauerbach. Säcke in die Werkstatt gestellt, schnell in einem Speiselokal zu Mittag essen und dann an das Sortieren, Reparieren und Säubern. Wie im Fieber sind die Jungens. Sie schlingen das Fünfzig-Pfennig-Essen herunter, auf dem Nachhauseweg wird eine Zigarette geraucht. Schürzen aus aufgetrennten Säcken werden vorgebunden und dann in die Werkstatt. Mit Gehops und Gepolter kullert das Schuhzeug aus den Säcken auf den Fußboden. Jedes Paar wurde gleich beim Kauf an den Senkeln zusammengebunden. Zuerst werden die reparaturbedürftigen Paare aussortiert. Ludwig kramt Nägel und Werkzeug zurecht und beginnt mit dem Reparieren. Hier einen Fleck auf den Absatz, dort einen auf die Sohlenspitze. Willi macht sich ans Säubern und Blankputzen. Sie arbeiten, ohne aufzublicken, ohne viel zu reden. Ab und zu mal ein Zug aus der Zigarette. Abends acht Uhr stehen in Reih und Glied zweiundzwanzig Paar Schuhe und sieben Paar Stiefel. Sauber, glänzend, notdürftig repariert. Dann schreiten Ludwig und Willi die Front ab, jedes Paar bekommt eine Nummer, die auf einer Liste mit dem vom Händler zu fordernden Preis vermerkt wird. Danach würden die neunundzwanzig Paar insgesamt einundzwanzig Mark und vierzig Pfennig bringen. Verdienst rund dreizehn Mark. »Ob wir das kriegen, wird sich ja rausstellen«, sagt Willi lakonisch. Für morgen sind nur drei Stunden Aufkaufzeit vorgesehen. Nachmittags sollen die neunundzwanzig Paar verkauft werden. Bei Händlern in der Linienstraße, Große Hamburger Straße, Acker- und Auguststraße. Sie werden sich sehr vorsehen müssen, dass sie keinem Blutsbruder begegnen. Nach dem Abendessen kriechen sie müde ins Bett.

Linienstraße, der Abschnitt zwischen Neue König- und Prenzlauer Straße, Althändler dicht an dicht. Alle handeln mit altem Schuhzeug. Ludwig stolpert in einen Keller. Willi wartet oben mit den Säcken. »Runterkommen!« ruft Ludwig von unten. Vor dem Ladentisch werden die Säcke ausgeschüttet, und der Händler wühlt sich heraus, was er brauchen kann. Elf Paar scheinen ihm geeignet. Preis? Ludwig guckt nach den

Nummern, sieht in seine Liste: »Die elf Paar zusammen ... zusammen ... acht Mark und zwanzig.« Der Händler prüft jeden Schuh, jeden Stiefel, macht mies, wie die Jungens es beim Einkauf taten. Sieben Mark bietet der Händler. Sieben Mark und fünfzig Pfennig will Ludwig haben und bekommt endlich sieben Mark und fünfundzwanzig Pfennig. Das erste Geschäft ist perfekt. Sie verabreden mit dem Händler, dass sie regelmäßig zu ihm kommen wollen. Draußen frohlockt Ludwig: »Der Preis is jut. Noch dreißig Pfennig über'n Listenpreis!«

Der zweite Händler macht größere Umstände, aber er nimmt endlich fünf Paar für drei Mark. »Auch nicht schlecht«, grinst Ludwig auf der Straße. Beim nächsten Händler ist »Papa grade bei'n Barbier«, und wieder ein anderer will Schandpreise zahlen. »Is nich, mein Herr«, zeigt Ludwig die kalte Schulter, »jute Ware, jutes Geld.« In der Großen Hamburger Straße nimmt eine Händlerin den ganzen Rest. Dreizehn Paar. Zwölf Paar bezahlt, ein Paar geschenkt. Dreizehn, dreizehn Paar kauft sie nicht, das bringt nichts Gutes ins Haus. Aber auch die zwölf Paar bezahlt sie gut. Zwölf Mark. Die Jungens rollen die leeren Säcke zusammen und machen erst einmal, dass sie aus der gefährlichen Gegend kommen. Im Omnibus zählen sie ihre Einnahme: zweiundzwanzig Mark und fünfundzwanzig Pfennig! Dagegen die Ausgabe von acht Mark, bleibt ein Verdienst von vierzehn Mark und fünfundzwanzig Pfennig. »In einen Tag verdient, Willi. Reell verdient!« Bei einem Glas Bier ruhen sie aus und bauen Luftschlösser. Dann aber geht es an die Arbeit. Die heutige Ernte dreier Stunden, zwölf Paar, muss hergerichtet werden.

Frau Bauerbach fragt nach der polizeilichen Anmeldung. Das lässt die gehobene Stimmung rapide sinken. Hatten sie wirklich einmal einen Tag vergessen, dass sie polizeilich gesuchte Fürsorgezöglinge sind? Sie kaufen die Anmeldeformulare, füllen sie mit aus der Luft gegriffenen Angaben aus, und Frau Bauerbach lässt die Formulare vom Hauswirt unterzeichnen. Dass die *Brüder* ihr den Weg zur Polizei abnehmen wollen, nimmt sie dankbar an. Ludwig und Willi ›gehen zur Polizei‹. Als sie nach einer Weile wiederkommen und »Anmeldung is besorgt, Frau Bauerbach!« in die Küche rufen, sitzt ihnen die Angst in der Kehle. Wenn sie jetzt die unterstempelten Anmeldungen zeigen sollen, ist alles wieder aus. Dann können sie nur wieder zur Clique gehen. Aber Frau Bauerbach ist eine gläubige Seele. »Denn is ja alles in Ordnung. Soll ich auch schon Kaffee aufbrühen?« »Nee danke, noch nich, Frau Bauerbach«, antwortet Ludwig, und die Angst schlägt um in stille Freude. Schwein gehabt. Jetzt nur unauffällig leben und sich in acht nehmen, dann kann alles gut werden.

Die zwölf Paar Schuhe sind repariert und geputzt. Zum Abendbrot gönnen sie sich knackfrische Schrippen, Butter und gekochten Schinken. Auch ein paar Apfelsinen haben sie gekauft. In vierzehn Tagen ist Weihnachten. Weihnachten? Wo waren wir vor einem Jahr? Willi in der Anstalt. Ludwig muss lange nachdenken. Dann entsinnt er sich: konnte es auch anders sein? Halb verhungert, schon lange ohne Obdach. Wenn er im Tiergarten auf dem Strich zwei Mark verdient hatte, kam er sich reich vor. So reich, dass er einen Tag essen und eine Nacht auf einer Wanzenmatratze schlafen konnte. »Ach Willi, wenn wir doch bloß hier bei Mutter Bauerbach bleiben könnten ... wenn ich jetzt denk, zurück in die Clique ... Nee, bloß nich zurück ... bloß nich zurück!« Sie gehen schlafen. Morgen ist die Kaiser-Friedrich-Straße an der Reihe. »Guten Tag. Wir zahlen bis zu zwei Mark ...« – –

Kapitel 16

DIE CLIQUE BLUTSBRÜDER entwickelt sich mehr und mehr zu einer Bande von Berufsverbrechern. Kohldampf schieben? Is nich mehr! In Lumpen herumlaufen und ohne Bleibe? Ham wir nich nötig! Fred, der eigentliche Verführer und Einflüsterer, hat die Clique fest in der Hand. Heinz und Georg, die sich anfangs sträubten, wurden durch das viele Geld, mühelos verdient, geblendet und haben alle Bedenken über Bord geworfen. Ludwig und Willi, die doofen Hammel, haben sich ja scheinbar wieder mal schnappen lassen. Die ertragreichen Taschendiebstähle in Warenhäusern, auf Wochenmärkten und in den Markthallen setzen die Blutsbrüder fort.

Aber auch andere Gelegenheiten lässt die Clique sich nicht entgehen: Einbrüche, Autodiebstähle! Die Einbruchsbeute wandert stets zum Cliquenvater Gotthelf und geht von dort sukzessive zu den Hehlern. Gestohlene Autos fährt Fred, der einzige, der chauffieren kann, sofort nach dem Diebstahl in die Provinz. Dort sitzen Helfershelfer, die den Wagen umlackieren und ihn weiter verschieben. So ein gestohlener Wagen bringt immer seine drei- bis fünfhundert Mark, wenn er gut ist. Und an ›Krampfkisten‹ macht Fred sich gar nicht erst heran. Zum Beispiel vorgestern: der Adlerwagen, den Fred vor einer Bar im Westen abhängte. Ein Wagen, der förmlich noch nach der Fabrik roch. Natürlich tankte Fred sofort und sauste ab. Richtung Leipzig.

Jonny sitzt mit den Jungens beim Cliquenvater in der Badstraße. Sie warten auf Freds Rückkehr, er wollte heute um sechs Uhr nachmittags wieder bei Gotthelf sein. Da kommt ein Postradler mit einem Rohrpostbrief für Gotthelf. »Wer schreibt mir denn so 'n eiligen Liebesbrief?« Verdammt, Freds Handschrift, erkennt Jonny. Ein eilig gekritzelter Zettel:

»Jonny, die Bullen sind hinter mir her, trauen sich aber nicht ran. Sofort Badstraße ausräumen und türmen. Geht zu Ulli. Wenn ich den Bullen entwischen kann, bin ich nachts zwölf Uhr in Ullis Laube. Vorsicht, vielleicht habt Ihr auch schon Besuch. Fred.«

Alle stehen bleich und zitternd da. Nur Gotthelf, der alte Zuchthäusler, sagt gleichgültig: »Jott, Gollnow is ooch janz scheen ...« Jonny befiehlt, das vorhandene Diebesgut, hauptsächlich seidene Damenwäsche, in handliche Pakete zu packen. Dann geht er auf die Straße um zu sehen, ob sie schon von Kriminalbeamten beobachtet werden.

Er weiß, dass er in den nächsten Minuten verhaftet werden kann. Ruhig steht er im Hausflur, zieht an seiner Zigarette und guckt scheinbar gelangweilt nach links und rechts, auf die andere Straßenseite. Um diese frühe Abendstunde ist die Badstraße stark belebt. Aber nichts Verdächtiges zeigt sich. Nach einer Viertelstunde gibt er den Befehl, das gestohlene Gut in Ullis Laube zu schaffen. In Abständen von einigen Minuten gehen die Jungens einzeln, jeder mit einem Paket, Richtung Straße 80 f. Abt. X. 2. Zum Glück ist Ulli in der Laube. Gegen Gewinnbeteiligung erklärt er sich bereit, die Ware aufzunehmen und auch die Blutsbrüder zu beherbergen. Nach einer Stunde ist der Umzug vollzogen. Gotthelfs Wohnung ist wieder *sauber.* Jetzt können die Bullen kommen. »Ick een Hehler? Det soll'n sie mir erst mal beweisen, meine Herren!«

Auf dem letzten Weg zu Ulli kauft Jonny einen Posten Ölpapier. Die ganze Ware wird in das wasserdichte Papier gepackt. Hinter der Laube wird ein Loch gebuddelt: hinein mit der ganzen *Sore*[11]. Feststampfen die Erde, drei Eimer Schutt darüber ausschütten. Von der Buddelei ist nichts mehr zu sehen. Um die im Dunkeln liegende Laube nicht zu verraten, hat Ulli den Kanonenofen mit Koks, der wenig Rauch erzeugt, geheizt. Vier

---

[11] *Sore (Ganovensprache):* Diebesgut, Hehlerware

Blutsbrüder werden losgeschickt, um für jeden Jungen zwei Wolldecken zu kaufen. Geld ist genügend vorhanden. Im Winter in einer Laube nächtigen, ist ein kaltes Vergnügen. Auch Rum und Zucker, sowie Lebensmittel werden eingekauft. Bald sitzen alle um den strahlenden Ofen und unterhalten sich leise, ob es Fred gelingen wird, den Bullen zu entwischen. Um die Laube fegt der Sturm, und Regen peitscht gegen das kleine, dicht verhängte Fenster. In der Laube ist es so warm, dass die Feuchtigkeit, die in den Holzwänden sitzt, zu Wasserdampf wird.

Lange ist es Mitternacht, von Fred keine Spur. Die Blutsbrüder liegen auf ihren Decken, vollkommen angezogen. Wer weiß, vielleicht müssen sie plötzlich türmen. Endlich, gegen zwei Uhr morgens, wird draußen ein Hundeblaff hörbar. Das ist Freds Signal! Aber noch rühren die Jungens sich nicht. Erst als ein harter Gegenstand die Laubentür von oben nach unten, von unten nach oben bekratzt, sind sie gewiss, dass es Fred ist. Vergnügt, total durchnässt aber nicht im mindesten irritiert, wirft Fred sich auf eine Decke. »Servus, Jungs. Macht mir erst mal einen Grog!« Er trinkt das heiße, starke Zeug in großen Schlucken und zündet sich eine Zigarette an. »Hab ick eben jelacht! In 'ne Taxe fahr ick bei Gotthelf vorbei. Wat meint ihr, wie viel Krimis da rumlungerten? Dreie hab ick jesehn, zweie bei den Strippenregen auf die andere Seite in 'n Hausflur, un eener bei Gotthelf in 'n Hausflur. Saß da in eene Ecke jekauert und mimte eenen Besoffenen! Und alle wollten sie jern Jonny und Fred juten Tag sagen ...«

Als Jonny kurz berichtet hat, dass die Ware in Sicherheit ist, erzählt Fred. Die Garage in Leipzig, in der er den Wagen vorläufig untergestellt habe, müsse unter polizeilicher Beobachtung gewesen sein, denn von nun an wurde er die amtliche Begleitung nicht mehr los. Zu dem Helfershelfer, der den Wagen übernehmen sollte, konnte er natürlich nicht gehen. Durch plötzliches Aufspringen auf die fahrende Straßenbahn habe er die Beamten abgehängt. Am Leipziger Hauptbahnhof aber waren sie plötzlich wieder da, sahen aber scheinbar nicht, dass Fred in den Berliner Zug stieg. Jedenfalls hatte dann die Leipziger Polizei Freds Signalement nach Berlin gefunkt, denn als er auf dem ›Anhalter Bahnhof‹ ankam, standen wieder zwei Beamte bereit, die ihn wohl passieren ließen, sich aber hinter ihn her machten, um Freds Unterschlupf und möglichst auch noch seine Genossen ausfindig zu machen. Den Rohrpostbrief schrieb er im Gehen auf der Straße, Papier und Marken hatte er zum Glück bei sich. Und im Gedränge des Potsdamer Platzes bot sich bald eine Gelegenheit, den Brief unbemerkt in den Kasten zu werfen. Woher allerdings die Bullen die Adresse in der Badstraße hatten ...

Jedenfalls standen die Blutsbrüder schon längere Zeit unter Beobachtung. Entwischt war Fred den Beamten in der Aschinger-Filiale Friedrichstraße. Der Zugang zur Toilette führt durch einen Flur, der auf die Krausenstraße mündet. Die Beamten standen vor dem Lokaleingang Friedrichstraße und warteten auf Fred. Warteten, warteten ... Vorerst aber traute Fred sich nicht in die Gegend Bad- und Koloniestraße. Bis er spät nachts eine Taxe nahm und sah, dass ihr Unterschlupf in der Badstraße bereits umstellt war.

»Vorläufig könnt ihr hier schlafen; wenn es nicht kälter wird, lässt sich's schon aushalten«, schlägt Ulli vor. Ulli weiß, dass bei den Blutsbrüdern Geld ist, und für Geld macht er schon, was er kann. »Fred«, beginnt Jonny, »du und ich, wir müssen für einige Wochen verschwinden, bis der größte Knatsch vorbei ist. Wir könnten nach Magdeburg fahren und da die Sache erledigen. Du weißt ... Bringt mindestens zweitausend Emm. Ihr anderen«, er wendet sich an die übrigen Blutsbrüder, »könnt ja hier wohnen und ruhig weitermachen. Nehmt aber nur Wochenmärkte. Die Warenhäuser sind schon zu scharf geworden. Ulli, hast du Lust, mit nach Magdeburg zu fahren? Dreihundert Emm werden für dich abfallen ...«
»Was ist es denn?« fragt Ulli. »Ziemlich ungefährliche Sache. Weiß selbst nicht genau, was. Ein alter Bekannter von mir schiebt da den Laden.«

Ulli erklärt sich bereit. Jonny bereitet alles für ihre Abreise mit dem Frühzug vor. Konrad wird während Jonnys Abwesenheit stellvertretender Cliquenbulle. Ulli überlässt den in Berlin bleibenden Blutsbrüdern die Laube. Die vergrabene Sore soll unangetastet bleiben. Jetzt ist es doch zu gefährlich sie zu verschärfen. Zwei kurze Stunden Schlaf. Fred, Jonny und Ulli machen sich fertig und packen einen kleinen Koffer. Draußen ist noch finstere, regnerische Nacht. In der Koloniestraße halten sie eine Taxe an: »Potsdamer Bahnhof.« Einzeln, keiner kennt den anderen, lösen sie Fahrkarten und steigen in den Zug. Erst als er abfährt und sie nichts Verdächtiges bemerkt haben, setzen sie sich zusammen. Gott sei Dank, Berlin hätten sie hinter sich.

In Magdeburg angekommen, warten Fred und Ulli in einem Frühstückslokal gegenüber dem Bahnhof, und Jonny macht sich auf zu seinem Bekannten, dem *Franzosenfelix,* dem es in Berlin zu heiß geworden war. Franzosenfelix wohnt mit seiner Braut in der Fette-Hennen-Gasse. Wo ist die Fette-Hennen-Gasse? Am Alten Markt, nahe dem farbenfrohen Magdeburger Rathaus. *Fette-Hennen-Gasse* in Magdeburg und *Mulackstraße* in Berlin sind ein Begriff. Nur die verbogenen Katen in Magdeburg sind um einige hundert Jahre älter als die der Berliner Prostituiertensiedlung. Jonny stolpert eine enge, steile Holzstiege hinauf, jede Stufe gibt bereitwilligst um einige Zentimeter nach, revanchiert sich dafür aber mit asthmatischem Gestöhn und Gekrächz. Ein untrügliches Zeichen für die Bewohner, dass ein Fremder im Bau ist. Die Einheimischen drücken sich beim Emporsteigen dicht an die Wand, dann schweigt die Treppe. Oben dauert es sehr lange, bis auf Jonnys Klopfen geöffnet wird, drinnen hört er Tuscheln und Flüstern. »Felix ... Jonny ist hier, Jonny aus Berlin! ...« Dann wird aufgeschlossen.

Ein Bulle von Kerl steht in allzu kurzem Hemd vor Jonny: »Jonny! Det is aba 'ne Überraschung! Komm rin!« In dem einzigen Bett liegt wach und neugierig, schamhaft weniger, Felix' Braut, die Prostituierte Paula. Kanariengelb lodern und fusseln derangierte Dauerwellen um das niedliche, zarte Gesichtchen. Der Riesenklotz Felix liebt und beschützt nur Mädels unter fünfzig Kilo. »Biste hier wegen die bewusste Sache, Jonny?« »Ja, Felix. Hab auch zwei Jungens mitgebracht. Den einen kennst du ja: Fred.« »Fred? Der is richtig.« Felix wendet sich an seine Braut: »Schnuckel, nu mach ma aus de Betten. Mein Freund hat Kaffeedurst, und ick ooch.« »Schnuckel« springt auf und eilt erst einmal vor den Spiegel, um das Haar in Ordnung zu bringen. Das andere, ihre zierliche Figur unter der Hemdhose, kann der Junge ruhig sehen. Gott sei Dank ist ja alles in Schuss, nicht so 'n fettes Geschlampe.

Nach dem Frühstück gehen Jonny und Felix nach der Bahnhofstraße, wo Ulli und Fred warten. Felix und Fred kennen sich, und der andere, der Ulli? Wenn Jonny ihn mitbringt, wird er schon richtig sein. Vorläufig verlassen sie erst einmal das Lokal. Magdeburg ist nicht Berlin. In einer unauffälligen Arbeiterkneipe in der Jacobstraße besprechen sie ihren Plan. Drei Tage wird man brauchen, um das Haus zu beobachten. In der Nacht vom Sonnabend auf den Sonntag kann die Sache vor sich gehen. In der Wohnung ist gar keine Gefahr. Die Bewohner sind seit Langem verreist, nur alle Woche kommt eine Frau, die lüftet und sauber macht. Alarmvorrichtungen gibt es auch nicht. Allerdings, durch die Tür werden sie nicht gehen können, die ist innen und außen mit Eisenblech beschlagen, und die Schlösser sind die modernsten und raffiniertesten. Bleibt nichts weiter übrig: in den Schlachterladen und von da durch die Decke. Der Schlachter hat seine Wohnung vier Häuser weiter, und nachts ist keine Seele im Laden.

Die Kühleweinstraße in der Nähe des Nordparks liegt wie ausgestorben da. Ganz vereinzelt brennt in den kleinen Häusern noch Licht. Magdeburg ist eine solide Stadt, und die Kühleweinstraße macht in der allgemeinen Solidität nicht das schwarze Schaf. Um halb drei Uhr morgens stehen Felix und Jonny vor der Tür des Schlachterladens. Der Laden birgt keine großen Schätze und ist nicht besonders gesichert. Die beiden Schlösser an der Tür ... du meine Güte, Franzosenfelix hat schon andere Dinger bewältigt.

Nach knappen zehn Minuten steht die Tür auf. Ein leises Miauen holt Ulli und Fred heran, die an der Straßenecke Schmiere stehen. Ulli steht weiter vor dem Eingang, die drei arbeiten im Laden. Alles geht lautlos vor sich. Felix schwingt sich auf den Ladentisch, ein kleines Tischchen gibt die richtige Höhe, um an der Decke hantieren zu können. Fred und Jonny breiten eine Wolldecke aus. Felix' Stichsäge bohrt sich in die Ladendecke. Ein Viereck soll herausgesägt werden, groß genug, um einen menschlichen Körper hindurchzulassen. Eine saure Arbeit, selbst für den bärenkräftigen Felix. Nach einer halben Stunde fällt das ausgesägte Quadrat in die bereit gehaltene Wolldecke, lautlos. Ein gelenkiger Klimmzug hebt Felix in die Wohnung, die ausgeplündert werden soll. Jonny und Fred folgen. Nun ist alles in Butter, Zeit haben sie massig. Erst mal sehen, wo wir hier sind? Aha, Esszimmer. Von wegen: Tafelsilber.

Es ist nicht alles in Ordnung. Dass der Schlachtermeister ausgerechnet in dieser Nacht in der Wilhelmstadt eine kleine Fidelitas[12] hatte, konnte die Kolonne nicht wissen. Der Meister will gerade um die Ecke biegen, da sieht er drüben einen Mann vor seinem Laden stehen. Und die Tür – er hat verdammt scharfe Augen, auch wenn sie von einer Fidelitas kommen – die Tür ist nur angelehnt. Einbrecher in seinem Laden! Polizei! Woher? Die Kneipe Ecke Rollenhagenstraße hat noch Licht. Er telefoniert. »Überfall!« Das Kommando meldet sich. »... aber tuten Sie

---

[12] *Fidelitas (lat.):* kleiner Trinkabend, Umtrunk

nich, Herr Wachtmeister, wenn Sie mit dem Auto kommen, sonst rücken die Gauner aus!«

Aber das Überfallauto tutete doch! Noch ziemlich weit entfernt, aber in der Stille auch weit hörbar. Auch Ulli hat das Signal gehört, er brüllt in den Laden: »Raus ... raus!!« Und jetzt muss er flitzen. Der Schlachtermeister im Schatten der anderen Straßenseite fängt an zu toben, als er Ulli türmen sieht. Das Polizeiauto fegt um die Ecke. Sechs Polizisten, Revolver in der Faust, stürmen in den Laden. Der Schlachtermeister hinterdrein. Beim Schein der starken Blendlaternen sehen sie das Loch in der Decke. Oben, in der Wohnung, fällt etwas klirrend zu Boden. Der Führer des Kommandos schreit in das Loch: »Hier ist Polizei! Rauskommen, sonst wird geschossen!« Nichts rührt sich. Noch einmal ruft er. Da hören die Beamten, wie sich in der ersten Etage ein Fenster öffnet. Der Chauffeur hat auch schon den beweglichen Scheinwerfer angelassen, der jetzt die Fassade grell anstrahlt. Eine Sekunde wird eine Mannesgestalt am Fenster sichtbar. Wieder ruft der Führer. Von oben schallt es: »Wir kommen ...« Einer nach dem anderen klettert durch das Loch in den Laden zurück. Und bald sitzen Jonny, Fred und Felix gefesselt im Auto. Die Wohnung wird durchsucht nach eventuellen weiteren Spitzbuben. Da die Tür zum Schlachterladen nicht mehr schließt, bleibt ein Posten zurück.

Der Schlachtermeister kann endlich schlafen gehen. Seine Wurstschätze sind unangetastet, und das Loch in der Decke zahlt der Hauswirt. Gar keine üble Reklame für ihn, der Einbruch. Montag werden sie in hellen Scharen ankommen und das Loch in der Decke bestaunen. Eigentlich könnte er einen kleinen Aufschlag auf einige Wurstsorten nehmen. Kaiserjagdwurst zum Beispiel könnte sehr gut um fünf Pfennig das Viertel erhöht werden, auch die Leberwurst zweite Sorte und die Schlackwurst können noch fünf Pfennig vertragen. Das ist schon die Schilderung des nächtlichen Erlebnisses wert. So etwa wird er vor der lauschenden Kundschaft anfangen: »... da seh ich, dass ein Kerl, ein mächtiger Kerl, ein Riese von Kerl vor meinem Laden steht. Ich natürlich rüber. Der Kerl sieht mich, legt einen Revolver auf mich an. Was sollte ich machen? Ich musste den Kerl, ehe er zum Schießen kam, zu Boden schlagen ...«

Ulli irrt in der ihm völlig fremden Stadt umher. Die drei sind geschnappt worden, das ist sicher. Als er türmte, sah er ja schon den Lichtschein des Überfallautos. Zum Glück hatte Ulli sich von Jonny Vorschuss auf die zu erwartende Beute geben lassen, sonst hätte er jetzt nicht einmal nach Berlin zurück können. Gegen fünf Uhr morgens geht er zum Bahnhof und setzt sich in den Personenzug nach Berlin. Ist um zehn Uhr in der Koloniestraße und gibt vor seiner Laube das Erkennungszeichen. Lange muss er klopfen, endlich öffnet man ihm. »Hallo Ulli! Wo sind die anderen? Jonny und Fred?« »Wo die sind? Polizeigefängnis Magdeburg ...« – –

Kapitel 17

DIE TREIBENDEN KRÄFTE der Clique, Jonny und Fred, sind verhaftet. Haltlos ist der Rest, Konrad, Erwin, Heinz, Walter, Hans und Georg sich selbst überlassen. Konrad, der stellvertretende Bulle, besitzt nicht im Entferntesten die Energie, die kalte Berechnung, geistige Überlegenheit und absolute Hemmungslosigkeit eines Fred und Jonny. Und Ulli, Bulle der Clique *Schwarze Sieben,* ist ein Herrscher ohne Untertanen. Seine sechs Kameraden haben sich nach und nach anderen Banden angeschlossen, oder die endlose Stadt hat sie verschluckt. Auch Ulli ist kein Führer, wie der Cliquenbursche ihn braucht und haben will. Wohl ist er, wie Konrad, ein Draufgänger, ein Schläger, dem keine Rauferei zu gewagt erscheint. Geistige Überlegenheit aber, Jonnys hervorstechende Eigenschaft, besitzt er nicht. Das empfindet jeder Junge in seiner Primitivität instinktiv und fühlt sich zu solcher Führung nicht hingezogen.

Zu allem kommt noch, dass der Rest der Clique sich von der Polizei verfolgt fühlt, unmittelbar. Dass Beamte unterwegs sind mit dem Auftrag, die Bande der jugendlichen Taschendiebe und Autoräuber unschädlich zu machen. Das Bewusstsein, jahrelang in den polizeilichen Fahndungsblättern geführt zu werden, war altgewohnt. Da war man ein Aktenzeichen unter Tausenden. Aber jetzt, die aktive Verfolgung verwirrt, macht überängstlich, gereizt und mutlos. Sie wagen sich kaum mehr aus der Laube. Nur in der Dunkelheit des Winternachmittags schleichen sie in die Koloniestraße, um Lebensmittel zu kaufen. Das vorhandene Geld wird kaum noch für eine Woche reichen. Fred hatte das Vermögen der Clique, weit über fünfhundert Mark, bei sich. Alles hat jetzt die Magdeburger Polizei.

Am Vormittag des 24. Dezembers. Geld ist nicht ein roter Sechser mehr vorhanden. Sie müssen, wenn sie nicht heute am Heiligabend und während der Feiertage hungern wollen, auf Arbeit gehen. In der Ackerstraßen-Markthalle wollen sie ihr Glück versuchen. Ulli will nicht mitmachen. »Schon genug, wenn ich euch hier schlafen lasse«, sagt er. Er weiß, dass die Blutsbrüder auf ihn und seine Laube angewiesen sind. Gestern hatte es bereits eine solenne[13] Prügelei zwischen Konrad und Ulli gegeben. In zwei Gruppen zu je drei Mann ziehen sie los, Richtung Ackerstraße. Als Treffpunkt nach der Arbeit in der Markthalle ist die Rückerklause bestimmt. Ulli bleibt in der Laube.

Das Gedränge vor den Verkaufsständen und in den engen Gängen der Markthalle gibt den Jungen alle Möglichkeiten leichten Arbeitens. Aber trotzdem zögern und zögern sie. Die Aufpulverung durch Fred und Jonny fehlt. Keine Gruppe sieht, wo die andere ist. Vor einem Obststand spritzt plötzlich gellendes Schreien auf: »Mein Geld! Mein Geld!« Immer wieder kreischt es hysterisch. Unbeschreibliche Erregung löst das Gekreische aus. Wellen der Aufregung fluten durch die Halle, niemand denkt mehr an Kaufen und Verkaufen. »Polizei! ... mein Geld ... mein Geld! ...« tobt die Bestohlene noch immer. Jemand hat das Überfallkommando alarmiert. Polizei kommt ... Überfall kommt! tost es durch die Menge. Wer es nicht für ratsam hält, die Ankunft der Polizei abzuwarten, flüchtet durch den Ausgang Invalidenstraße.

Eine Minute später springen sechs Beamte vom *Flitzer*. Zwei postieren sich vor den Ausgang Ackerstraße, zwei vor den in der Invalidenstraße. Aber was können sechs Beamte ausrichten? Der Bereitschaftsdienst wird alarmiert. Eine halbe Hundertschaft rast im Lastauto vor. Und jetzt wird die Halle systematisch abgekämmt. Die Geschäftsleute toben »Geschäftsschädigung«, Sistierte fluchen und schreien, reine Gewissen finden es ganz interessant. Ein Dutzend Verdächtiger ohne Ausweis wird aufs Lastauto verfrachtet. Ab zum Polizeipräsidium. Langsam, langsam ebben die Wogen der Erregung ab, langsam geht der Geschäftsbetrieb wieder an. Jeder warnt: Sehen Sie sich bloß vor ... Taschendiebe! Eben war große Razzia!

Jonnys erste und wichtigste Regel lautete: sowie sich die kleinste Aufregung bemerkbar macht: raus aus dem Warenhaus, raus aus der Markthalle, weg vom Wochenmarkt! In stundengroßen Abständen finden die Blutsbrüder sich einzeln in der Rückerklause ein. Dunkel ist es bereits, als alle sechs versammelt sind. In der Rückerklause, der Heimat der Heimatlosen, herrscht sentimentale Weihnachtsstimmung. Und als der Lautsprecher *»O du fröhliche, o du selige ...«* säuselt, singt das ganze

---

[13] *solenne (lat.):* feierlich, festlich

Lokal mit. Aber nicht das Gegröle, das etwa die *Liebe der Matrosen* begleitet, nein, eher ein erinnerndes, wachrufendes, artiges Begleiten, so stimmschön es irgend geht. Sentiments, im richtigen Augenblick serviert, sind wollüstig akzeptierte Kost für den härtesten Ganoven. Tränen, in solchen Augenblicken vergossen, haben nichts Entwürdigendes.

Ursache der Markthallenaufregung war Georg. »Hat es sich wenigstens gelohnt?« Georg zeigt die Geldbörse, zweiundzwanzig Mark. Sie brechen auf und gehen in Richtung Koloniestraße, zur Laube. Am Bahnhof Gesundbrunnen essen sie in einem Speiselokal. Walter soll Ulli holen, er soll essen kommen. Grün sind sie dem Ulli ja nicht, aber wenn sie die Laube nicht hätten, wär es doch ganz aus. Schweigend sitzen sie vor ihrem Fünfzig-Pfennig-Menü. Leer ist es im Lokal, auch auf der Straße wird es einsamer, die Menschen beeilen sich. Walter kommt zurück, allein, atemlos, zitternd vor Aufregung. »Ulli is weg ... die Laube abgeschlossen, ein Polizeisiegel an der Tür!« Fünf Gabeln klirren auf die Teller. Polizeilich versiegelt? Die haben die ganze Clique verhaften wollen und nur den Ulli gefunden! Aus ... aus! Weg von dieser Gegend. In die Untergrund und weg von hier. Sonst gehen sie noch alle am Heiligabend hoch. Jetzt ist die Clique endgültig gesprengt. Keine Bleibe, wenig Geld, in jedem Augenblick können sie verhaftet werden. In einem Untergrundbahnzug sitzen sie, verstreut im ganzen Wagen. Nur nicht als zusammengehörig auffallen. Aber ihre Blicke suchen sich und fragen ängstlich: Was nun?

»Junggesellen-Weihnachtsfeier« steht an einem kleinen Lokal in einer Seitenstraße des Bülowbogens. Halb Kneipe, halb einfaches Café. Zwischen den Tischen thront ein brennender Weihnachtsbaum und auf jedem Tisch prangen buntbebänderte Tannenreiser. Der Klavierspieler verzapft unentwegt *»Stille Nacht, heilige Nacht ...«*, wie es sich gehört. Ein paar Nuttchen und ihre Liebsten begießen sich die Nase mit Punsch und Sentiments, und einem Angetrunkenen wird von der Wirtin strengstens auferlegt, das schöne Weihnachtslied nicht so barbarisch zu grölen. »Sing' doch anschtändig, oller Wasserkopp ...« Die sechs Blutsbrüder sitzen neben dem großen Kachelofen, trinken ihren Glühwein und starren in den Weihnachtsbaum. Dem kleinen Walter kullern einige Tränen aus den Basedow-Augen, die schmutzige Hand will die Nässe beseitigen und jetzt hat Walter ein richtiges, verschmiertes und verheultes Kindergesicht. Als die erste Weihnachtswallung überstanden ist, entsinnt sich die Wirtin ihrer Steuerrückstände und sieht jetzt um so eifriger auf Konsum. Die

sechs Bengels da am Ofen verzehren rein gar nichts, wenn die vielleicht denken, hier ist eine Wärmehalle ...»Noch einen Glühwein, Kinder?« »Ja ..., Frau Wirtin.«

»Ich hab' eine Schlafstelle für uns, auch nicht viel kälter als in der Laube. Und Decken sind auch da ...«, sagt Georg in das Schweigen. »Wo denn?« »Wo denn?« fragen alle. »Stallschreiberstraße, kostet keinen Pfennig. Hab' schon mal über 'ne Woche da gepennt ...« Es geht auf Mitternacht. Die sechs Blutsbrüder gehen nach ihrer neuen Schlafstelle, Georgs Entdeckung.

Stallschreiberstraße, Bühneneingang des seit Jahren geschlossenen *Theaters in der Kommandantenstraße.* Ein niedriges Eisengitter trennt den Vorhof von der Straße. Das Gitter ist kinderleicht überklettert. Georg hantiert an einer niedrigen Tür neben dem Bühneneingang und hat das Schloss auch bald bewältigt. Sie sind in einer kleinen Schauspielergarderobe. Eine unverschlossene Tür führt von der Garderobe auf einen schmalen Gang, der, mehrfach gewunden, zur Bühne führt. Georg geht mit der Taschenlampe voran. Aufgescheuchte Mäuse flitzen über den Weg. Eine Treppe führt in den Heizungskeller und in verschiedene Gelasse unter der Bühne, wo Dekorationsstücke, Bühnenmöbel usw. aufbewahrt wurden. Etliches Gerümpel steht noch herum. Auch zerschlissene Decken, Teppichreste, Kulissenleinen und Kostüme modern in Ecken und Winkeln. Den Traum, jemals wieder Rampenlicht zu erblicken, haben die Lumpen längst aufgegeben. Aber als Deckbett für Obdachlose mögen sie noch angehen. In der ewigen Nacht dieses Bühnenkellers schlafen die Jungens in den Weihnachtstag. In Ungewissheit, in neuerlicher Angst vor ihrem Schicksal.

Während des ganzen ersten Feiertages müssen sie in ihrem Versteck ausharren. Bei Tage können sie sich nicht auf dem Hof zeigen und das Gitter überklettern. Erst am späten Abend wird ein Junge losgeschickt, um in einer Kneipe Esswaren zu kaufen. Genau so am zweiten Feiertag. Zwei Tage, drei Nächte in der Finsternis und der Kälte des Bühnenkellers. Als sie sich am frühen Morgen des folgenden Werktages auf die Straße trauen, besitzt keiner auch nur einen Pfennig Geld. Hungrig und erstarrt vor Kälte gehen sie in die Wärmehalle in der Ackerstraße. Sie alle haben gute Wintermäntel, die müssen verkauft werden. Drei, vier Mark bekommt jeder. Dann geht es in die Rückerklause. Heiße Kartoffelpuffer und Fleischbrühe. Nach dem Essen holt sich jeder ein kleines Glas Bier. Es muss gespart werden mit den paar Kröten.

Nur Heinz, der schon während der Tage im Bühnenkeller kaum ein Wort gesprochen hatte, bestellt sich einen Schnaps nach dem anderen. Als er bezahlt hat, bleiben ihm dreißig Pfennig. »Hier, Erwin, die schenk ich dir. Ich brauch vorläufig kein Geld. Ich ... geh' nämlich ... gleich ... gleich nach 'n Alex und ... stell' mich ...« Plötzlich weint er laut und kindlich auf und wirft den Kopf auf den Tisch. »Ich hab' genug jetzt ... von dem Mist. Ich ... mach nich mehr mit ... ich ... ich hab' keine Lust mehr ...« Die Kameraden wollen ihn beruhigen, aber er wird nur noch fassungsloser. Der Körper rast in einem hemmungslosen Weinkrampf. Die Gäste mokieren sich: »Leg ihn doch ma trocken, det Wickelkind ...« Ein Zuhälter ruft seiner Liebsten zu: »Lotte, jib den Bubi doch mal de Brust, damit a zu wimma'n ufhört ...«

Langsam beruhigt Heinz sich. Aber er bleibt dabei, sich der Polizei stellen zu wollen. Setzt seine Mütze auf. »Lasst euch das gut gehn. Dass ich euch nich verpfeif, is j a logisch ...« »Heinz, nu mach doch kein Quatsch!« »Hast ja 'n Vogel, Mensch!« »Bleib hier, Heinz«, reden sie auf ihn ein. Wollen ihn mit Gewalt zurückhalten. Er reißt sich los, stürzt auf die Straße. Konrad und Georg hinterdrein. Heinz rennt schon beim Arbeitsnachweis. Dort steht immer ein Schupo-Doppelposten. Richtig: da biegen zwei *Grüne* um die Ecke. Konrad und Georg müssen stoppen, wenn sie sich nicht selbst in Gefahr bringen wollen. Heinz hat den Doppelposten erreicht und redet auf die Beamten ein. Die wollen zuerst nicht hinhören, schieben Heinz beiseite, dann aber nehmen sie ihn in die Mitte und bringen ihn zum Revier.

Heinz, der stille, stets träumende Heinz war erwacht. Und das Erwachen, die Erkenntnis, wie weit es mit ihm und seinen Kameraden gekommen war, ließ ihm keinen anderen Ausweg. Man wird ihn einer langen Untersuchung unterwerfen. Wird versuchen herauszubekommen, welchen Umgang er gehabt hat, was er getrieben hat. Und wenn Heinz sich mürbe machen lässt und gesteht, dass er der Clique Blutsbrüder angehört hat, dann wird die Jagd auf die Clique von Neuem angehen. Aber wenn Heinz fest bleibt, nichts gesteht und auch die Clique verleugnet, dann wird er wieder in die Fürsorgeanstalt gebracht. Beweise, dass er sich an den Taschendiebstählen beteiligt hat, wird die Polizei schwerlich erbringen können. Wenn Heinz fest bleibt! Aber wenn er wieder den Kopf auf den Tisch wirft und, mürbe geworden, gesteht und gesteht ..., dann wird der Staatsanwalt Arbeit bekommen. Das

Jugendgericht wird aus dem Kopfschütteln nicht herauskommen und Heinz schwer bestrafen müssen.

Heinz war erwacht. Und die Erkenntnis seiner versauten Jugend war so grauenvoll, dass Gefängnis oder Fürsorge ihm als kleinere Übel erschienen. Er wird bestimmt keinen Fluchtversuch aus der Anstalt mehr unternehmen. Nur noch still, nicht mehr träumend, wird er die Qual des Anstaltslebens hinnehmen. An seinem einundzwanzigsten Geburtstag, vielleicht auch wegen der guten Führung schon eher, verlässt ein Mensch ohne Rückgrat, eine Knechtsnatur die Anstalt, um den *Kampf mit dem Leben aufzunehmen.* Den Kampf wird Heinz stets mit dem Hut in der Hand begehen.

Gedrückter Stimmung, unentschlossen zu allem strolchen die fünf Überbleibsel der Clique durch die Straßen. Den Mut zu kriminellen Taten bringen sie nicht mehr auf. Es wird wieder werden wie es immer war, vor der Zeit mit Jonny und Fred: Auf den Strich gehen, gelegentlich einen Taler dabei verdienen und sonst hungern und hungern, dass die Schwarte knackt. Obdachlos, solange schon obdachlos, dass eine Matratze in einer Massenherberge das Paradies ist. Oder aber sich einer anderen Clique anschließen. Wieder unter einem Führer ›arbeiten‹, Taschendiebstähle, kleine Einbrüche, Autoräubereien ..., was gerade Spezialität der Clique ist.

Bleibt ein anderer Weg? Arbeit, ehrliche Arbeit? Selbst wenn so ein Wunder passieren würde und jemand käme: Wollen Sie bei mir arbeiten? Da wäre es im gleichen Augenblick doch wieder aus! Papiere! Die amtliche Bescheinigung, dass der und der, geboren dann und dann, frei herumlaufen darf und nicht etwa in die Fürsorge gehört ..., diese Bescheinigung bricht doch jedem das Genick, weil sie nicht vorhanden ist. Weil sie ja gar nicht frei herumlaufen dürfen! Die Fürsorgezöglinge, die eingesperrt werden können, auch wenn sie noch gar nichts verbrochen haben! *»Um einer drohenden Verwahrlosung vorzubeugen«,* heißt es dann in dem Beschluss, der die Fürsorgeerziehung vorsieht.

In der Anstalt aber, die der drohenden Verwahrlosung ein Ende bereiten soll, hören und lernen die Zöglinge von den Kameraden, wie man am gefahrlosesten zu Geld kommt. Wie man mit den einfachsten Mitteln Nachschlüssel anfertigt ..., wie man Geldschränke anknabbert ..., wie man eine Fensterscheibe geräuschlos eindrückt ..., wie und wo man in Berlin auf den Strich geht ... Und: wie man aus der Anstalt ausbricht und das Gelernte verwertet oder vor Hunger krepiert. – –

Kapitel 18

HUNDERTTAUSENDE ARBEITSLOSER zergrübeln sich den Kopf nach einer Verdienstmöglichkeit, nach einer, wenn auch noch so kleinen Existenz. Tausend neue ›Berufe‹, Berufe, die nackte Verzweiflung ersann, tauchen auf. Angefangen vom Salzstangenhändler in den Kneipen bis zum Schirmverleiher bei plötzlichen Regengüssen. Vom Autobewacher bis zum ›Naturforscher‹ in den Müllgebirgen an den Peripherien der Großstadt. Eine Fülle bizarrer Einfälle, eine unendliche Sehnsucht nach Betätigung, ein erschütternder Beweis des Ehrlichbleibenwollens gegenüber dem Zwang, doch leben und essen zu müssen.

Was Abertausenden nicht gelang: Willi und Ludwig schafften es auf den ersten Anhieb. Ihr An- und Verkauf von altem Schuhzeug ernährt sie. Zwei Monate bereits wandern sie von Stadtteil zu Stadtteil und leiern ihren Satz ab: Wir zahlen bis zu zwei Mark ... Einmal zahlten sie sogar wirklich zwei Mark. Bitte sehr. Jemand hatte in irgendeiner Vereinslotterie ein Paar schöne braune Schuhe gewonnen. Für zehn Pfennig. Leider aber hatte der glücklich-unglückliche Gewinner die Schuhgröße vierundvierzig, während der Gewinn dreiundvierziger Schuhe waren. Für seinen Verein tut man, was man kann. Man trägt sogar zu enges Schuhzeug, nur um den Vorsitzenden nicht zu kränken. Zweimal trug der Gewinner die billigen, aber unausstehlich engen Schuhe. Dann warf er sie mit einem furchtbaren Fluch in die finsterste Ecke; aus der sie dann, wie gesagt, für zwei Mark in Ludwigs Sack wanderten. Weiterverkauft wurden sie mit fünf Mark ...

Ludwig und Willi sitzen in ihrem Zimmer bei der Rentnerin Bauerbach. Eben haben sie dreiundzwanzig Paar Schuhe mit gutem Verdienst an den Händler gebracht. Weit, weit hinter ihnen liegt die Cliquenzeit. Es ist eine stillschweigende Abmachung zwischen ihnen, die Blutsbrüder nicht zu erwähnen. Auch begegnet sind sie noch keinem. Dann und wann mal einer, den man von irgendwoher flüchtig kannte. Sie beachteten ihn gar nicht, und der glaubte dann wohl, sich geirrt zu haben. Das Kneipenleben hatte aufgehört. Gewiss, abends mal ein Glas Bier und ein Kinobesuch, aber sonst wurde mit jedem Groschen geknausert. So geknausert, dass sie in den zwei Monaten beinahe hundertfünfzig Mark hatten sparen können. Frau Bauerbach bekam pünktlich ihre Miete und war mit den soliden *Brüdern* sehr zufrieden. Auch die leidige Angelegenheit der fehlenden Papiere hatte sich bis jetzt nicht unliebsam bemerkbar gemacht. Für Willi ist die Gefahr sowieso nicht mehr allzu groß. In sechs Monaten ist er mündig. Dann kann er sich Papiere beschaffen. Ludwig allerdings ist jetzt erst neunzehn Jahre alt, den können sie noch zwei Jahre einsperren.

»Du, Ludwig, wir müssen noch Leder einkaufen«, mahnt Willi. »Gut, können wir gleich machen.« Sie fahren nach der Invalidenstraße. Da ist eine Lederhandlung, wo sie *engros*-Preise zahlen. Zehn Pfund Abfall-Leder kaufen sie, auch Nägel und endlich zwei richtige Schuhmacher-schürzen. Die alten Sackschürzen sind schon ganz zerrissen. Sie gehen zum Rosenthaler Platz, um die Untergrundbahn zu benutzen. Auf dem Bahnsteig steht ein junger Mensch, Willi und Ludwig bemerken ihn nicht. Er hat die beiden sofort erkannt.

Es ist Herrmann Plettner, der Gepäckscheindieb. Die grausamen Prügel in der Laube hat er nicht vergessen. Ludwig und Willi steigen in ihren Zug und setzen sich. Plettner folgt ihnen, bleibt aber an der Tür stehen und beobachtet die beiden. Eine furchtbare Wut glimmt in ihm auf. Wie kann er sich rächen, hauptsächlich an dem, der ihn der Clique ausgeliefert hat? An Ludwig. Der andere, Willi, war ja auch dabei, als er so jämmerlich verprügelt wurde. Als Ludwig und Willi am Rathaus Neukölln aussteigen, folgt Plettner ihnen weiter. Er sieht, wie sie in die Ziethenstraße gehen und im Keller der Frau Bauerbach verschwinden und auch nicht wieder herauskommen. Sein Racheplan ist fertig. Er rennt zum nächsten Telefon-Automaten und lässt sich mit dem Polizeipräsidi-um Neukölln verbinden. Obwohl er nichts von den beiden weiß, steht es für ihn fest, dass die Polizei sich für Ludwig und Willi interessiert. Cliquenburschen haben immer etwas mit der Polizei zu tun, folgert er. Natürlich anonym gibt er die Adresse in der Ziethenstraße an, »... da wohnen zwei, die gesucht werden. Sie müssen aber gleich hingehen, jetzt sind sie in der Wohnung«. Hängt den Hörer ein und zündet sich eine Zigarette an. Das wäre erledigt ..., die Jungens wären erledigt ...

Ludwig und Willi sind mit dem Sortieren des Abfall-Leders beschäftigt, als es an der Haustür klopft. Frau Bauerbach ist zu einem Kaffeebesuch. Ludwig geht an die Tür. Zwei Herren. »Wohnt hier Frau Bauerbach?« »Ja.« »Können wir mal 'reinkommen?« Im Zimmer der Jungen legitimie-ren die Herren sich als Kriminalbeamte. Ludwig und Willi stehen regungslos, obwohl sie das Gefühl haben zu gleiten ..., mit rasender Geschwindigkeit in bodenlosen Abgrund zu gleiten. »Sie haben hier gemietet, nicht?« fragt ein Beamter. »… Ja …, ja …« »Es sind aber gar keine Untermieter bei Bauerbach gemeldet. Kann ich mal Ihre Papiere sehen?« Papiere … gemeldet … Hilfe! Wer hilft uns? …

»Wir … ich … wir haben keine …, keine Papiere …« »Keine Papiere? Wie heißen Sie denn? Und Sie?« Willi reißt sich zusammen und gibt seine Personalien an. Der Beamte sieht in sein Fahndungsblatt: »Stimmt. Ausgerückt aus der Anstalt in H., dann werden Sie noch wegen einer anderen Sache gesucht, stimmt's?« Die andere Sache sind die Prügel, die Friedrich gekriegt hat, denkt Willi. »Ja.« »Und Sie?« der Beamte wendet sich an Ludwig. Auch er gibt seine Personalien an. Die falschen Kaiweit-Papiere sind doch zwecklos. »Was haben Sie denn gemacht, die lange Zeit? Wovon haben Sie denn gelebt?« erkundigt der Beamte sich. Willi und Ludwig zeigen ihre Schuhmacherwerkstatt, die aufgekauften Schuhe. Ein Hoffnungsschimmer wird in ihnen wach. Vielleicht lassen sie uns laufen, wenn sie sehen, dass wir ehrlich arbeiten. Der Beamte sieht seinen Kollegen an. Beide fragen. Was haben Sie denn verdient mit dem Handel? Konnten Sie davon leben?

Ludwig eilt an den Kleiderschrank. »Hier, Herr Kommissar, sehen Sie, hundertfünfzig Mark gespartes Geld. Ehrlich, ganz ehrlich verdient!« Seine Hände zerren zitternd die Scheine auseinander, er zählt das Silbergeld auf: »Ehrlich gearbeitet und geschuftet haben wir, Herr Kommissar. Und nu wollen Sie uns wieder einsperren?« Er geht auf den Beamten zu, fasst ihn an beide Arme: »Lassen Sie uns hier … lassen Sie uns arbeiten! Geben Sie uns richtige Papiere … bitte, bitte, Herr Kommissar!« Die Beamten merken, dass es kein Zirkus ist, was Ludwig ihnen vormacht. »Setzt euch mal hin, Jungs, wir wollen mal vernünftig reden.« Willi und Ludwig setzen sich gehorsam, ihre Augen hängen an den Lippen der Beamten. »Wisst ihr, wie wir auf euch gekommen sind?« »Nein … nein …« »Vor einer Stunde seid ihr verpfiffen worden. Ein Fremder hat uns angerufen, hier seien zwei Gesuchte zu finden, wisst ihr, wer das gewesen sein kann?« Die Jungens sehen sich an: Weißt du? Weißt du? »Nein, Herr Kommissar.« Sie wissen es nicht. Dass es kein Blutsbruder gewesen ist, das nur wissen sie. Aber von der Clique wollen sie nichts erwähnen, das nimmt sich jeder vor.

»Tja, Jungens ihr wisst ja nun auch, dass wir euch mitnehmen müssen. Vielleicht lässt das Jugendamt euch frei, wenn es erfährt, dass ihr Arbeit habt. Packt man langsam eure Sachen, das Geld müssen wir vorläufig beschlagnahmen und dann kommt.« »Sie können ja Ihrer Wirtin einen

Zettel hierlassen, dass Sie plötzlich ›verreisen‹ mussten«, schlägt der andere Beamte vor. Ludwig tut es. »Frau Bauerbach, wir müssen ein paar Wochen verreisen. Bewahren Sie unsere Sachen gut auf. Anbei noch Miete für zwei Wochen.« Mechanisch füllen sie das Leder wieder in den Beutel, rücken das unverkaufte Schuhzeug in eine Ecke und packen ihre persönlichen Habseligkeiten ein. »Fertig?« »Ja ... »Lasst den Kopf nicht so hängen. Ist doch halb so schlimm ...«, will der Beamte sie trösten.

Halb so schlimm, Herr Kommissar? Was wissen Sie von uns? Es ist schlimm, sehr schlimm. Jetzt ist doch alles wieder aus. Jetzt bringt ihr uns wieder in die Anstalt. Bald werden wir es dort nicht mehr aushalten ..., wir werden wieder ausreißen ..., werden wieder hungern und schließlich bei der Clique landen. Arbeiten, richtig ehrlich arbeiten lasst ihr uns ja nicht ... Ihr wollt uns ja nur schikanieren, einsperren und kleinkriegen ..., aber helfen und beistehen? Nee ...! »Also denn kommt!« Links und rechts vom Beamten gehen sie. Der andere folgt in einigem Abstand. Sind ja keine Verbrecher ..., der, der die Jungens angezeigt hat, ist sicher ein viel größerer Spitzbube, ein gemeiner Fetzen auf jeden Fall. Auf dem Neuköllner Polizeipräsidium wird ein kurzes Protokoll aufgenommen. Morgen früh kommen sie nach dem Alex. Dort wird weiter bestimmt werden.

Auf besonderes Bitten und Verwendung der beiden Beamten für sie kommen Ludwig und Willi in eine Zelle. Vor kaum zwei Stunden noch saßen sie in ihrer Stube beim Kaffee; jetzt ist eine kahle Zelle ihre Bleibe. »Wer kann das gewesen sein, Willi?« quält Ludwig sich die Worte ab. Sie grübeln, grübeln, aber für so hundsgemein halten sie keinen ihrer Bekannten. Schlaflos verbringen sie die Nacht. Der Übergang war zu krass, zu zerstörend. Einiges besprechen sie für den Fall, dass sie getrennt werden. Die hundertfünfzig Mark soll Willi als sein alleiniges Eigentum angeben, er ist ja in sechs Monaten frei.

Willi rückt dicht an Ludwig heran: »Du, wenn ich frei komm, dann türmst du auch wieder. Geld haben wir. In Berlin treffen wir uns wieder und bleiben zusammen. Auseinanderbringen sollen sie uns nicht.« »Aber wenn ich ausrücke, Willi, dann suchen sie mich doch gleich bei dir. Du hast dann richtige Papiere, bist gemeldet. Da finden sie mich gleich«, erwidert Ludwig mutlos. »Ich meld' mich eben nicht. So, wie wir in der Ziethenstraße gewohnt haben, wohnen wir woanders. Was kann schon passieren? Wenn sie es 'rauskriegen, dass ich nicht gemeldet bin, gibt es eine Geldstrafe und dann ziehen wir um. Und wenn sie dich schnappen, dann türmste wieder. Aber unser Geschäft machen wir weiter. Du,

Ludwig, Hand darauf, dass wir uns nicht unterkriegen lassen. Nur nicht wieder in die Clique zurück, wir haben doch so gut verdient.« »Wär schön, wenn wir nicht auseinander brauchten, Willi. Wenn ich einen Kumpel hab' wie dich, ist mir nicht bange, dass ich schließlich doch wieder zu Jonny muss.«

Am frühen Morgen bringt das Transportauto sie nach dem Alexanderplatz. Wieder einmal ist Ludwig im Hammelstall. Willi sieht das Polizeigefängnis zum ersten Mal von innen. Jeder wird in eine Einzelzelle gebracht. Besprochen haben sie ja alles. Am übernächsten Tag wird Willi dem Vernehmungsrichter vorgeführt. »Gegen Sie schwebt ein Verfahren wegen Körperverletzung, begangen an dem Erzieher Friedrich. Dann liegt ein Zuführungsersuchen der Anstalt in H. vor. Sie werden also nach H. transportiert. Eine größere Summe Bargeld – hundertfünfzig Mark – ist bei Ihnen gefunden worden. Laut Protokoll wollen Sie es durch ehrliche Arbeit verdient haben. Erzählen Sie mal.« Willi erzählt. Alle Berührungspunkte mit der Clique verschweigt er. Der Richter macht sich Notizen und Willi wird wieder abgeführt.

Ludwigs Aussagen decken sich mit Willis Angaben. »Sie müssen damit rechnen, dass die Bewährungsfrist widerrufen wird und Sie die Strafe von vier Monaten Gefängnis antreten müssen. Das heißt natürlich, sich nicht bewähren, wenn man dem Transporteur ausrückt!«

Einige Tage vergehen. Nur während der Freistunde auf dem Gefängnishof sehen Ludwig und Willi sich von Weitem. Verständigen können sie sich nicht. Nachmittags wird Ludwig wieder dem Richter vorgeführt. »Wir haben Nachforschungen bei Ihrer Wirtin in der Ziethenstraße angestellt. Die Frau stellt Ihnen ein sehr gutes Zeugnis aus. Infolge dieses guten Leumundes hat das Jugendgericht auch die Bewährungsfrist aufrecht erhalten. Sie werden morgen mit Ihrem Kameraden Willi Kludas nach H. transportiert. Aber machen Sie keine Dummheiten und rücken dem Transporteur wieder aus. Dann müssen Sie die Strafe absitzen.« Willi wird eröffnet, dass er vorläufig in die Anstalt gebracht werde, um dann dem zuständigen Gericht wegen der Körperverletzung zugeführt zu werden.

Am nächsten Morgen sehen sie sich im Hammelstall wieder. In einem Polizeiauto fahren sie mit den beiden Transporteuren zur Bahn. Als der Zug anfährt, sehen Willi und Ludwig sich an: in sechs Monaten sind wir wieder in Berlin. – –

Kapitel 19

AM SPÄTEN ABEND treffen die beiden Transporteure mit Ludwig und Willi in der Zielstation ein. Hier kroch Willi vor vier Monaten in die Holzwolle, die für Köln bestimmt war. Am Bahnhof erwartet sie ein Anstaltsfuhrwerk, sie fahren die Chaussee, die Willi in entgegengesetzter Richtung gelaufen war. In die Freiheit ging es damals: eins ... zwei ... drei ... vier, eins ... zwei ... drei ... vier ..., feste, Willi, feste! Langsam zuckelt der Wagen der Anstalt näher.

Die Zöglinge sind schon in den Schlafsälen, Willi und Ludwig werden sofort dem Direktor vorgeführt. Der Gewaltige betrachtet erst einmal gruß- und wortlos die ihm ausgelieferten Jungen. Besonders auf Willi scheint er scharf zu sein, von wegen der Prügel, die Herr Friedrich damals bekommen hat. Umständlich zündet er sich eine Zigarre an und wendet sich Willi zu: »Du weißt doch, Kludas, dass gegen dich ein Gerichtsverfahren wegen Körperverletzung schwebt, nicht?« »Herr Direktor, Sie sind nicht berechtigt, mich zu duzen. Antwort geb ich nur, wenn Sie mich so anreden, wie es mir zukommt. Ich bin in sechs Monaten mündig«, erwidert Willi leise mit aller Zurückhaltung, aber im Unterton der Worte lauert der Rebell. »Schau an, gesiezt wollen die Jüngelchen werden. Die Herren Rumtreiber!« Wütend fährt der Direktor von seinem Stuhl auf und pfeffert die Zigarre in den Aschenbecher. »Was habt ihr denn getrieben in Berlin? Geklaut habt ihr, auf den Strich gegangen seid ihr! Und so was soll ich siezen? Wollt ihr mir vielleicht erklären, wovon ihr sonst gelebt haben wollt ohne Papiere? Du, Ludwig, fast zwei Jahre und du über vier Monate!«

»Gucken Sie man mal in unsere Akten, da steht alles drin, Herr Direktor. Ehrlich gearbeitet haben wir. Und Willi hat sich sogar hundertfünfzig Mark gespart!« trotzt Ludwig auf. Willi gibt keine Antwort, aber um seine Mundwinkel kommt ein tiefer, gefährlicher Zug. Der Direktor merkt wohl, wie es um Willi steht. »Ich werde mir den Bericht von Berlin durchlesen, alles weitere findet sich morgen.« Er klingelt. Der Erzieher Friedrich erscheint. »Herr Friedrich, Ihr besonderer Freund, der Kludas, kommt in Saal eins und der Ludwig in Saal zwei.«

Saal eins liegt scheinbar in tiefem Schlaf. Kaum aber ist das Geräusch der Schritte Friedrichs wieder abgeebbt, da geht es los: »Willi! Willi! Mensch, ham se dich doch wieder bei 'n Arsch gekriegt? Willi, wann türmste wieder? Willi, der Friedrich kann wieder eine Abreibung vertragen, wann is se fällig?« So prasseln die Fragen auf Willi ein. Weiße Nachthemden umsäumen sein Bett, vier Jungens sitzen links, vier rechts, zwei stehen am Kopf, vier am Fußende. »Willi, wo warst denn? Erzähl' doch, Mensch! Was macht Berlin? Hast orntlich mit de Mädels? ... Hast was zu rauchen? Nu mach doch mal das Maul auf, Willi! Wo hast denn die eische Schale¹⁴ her? Kiek ma, Fritz, den feinen Mantel, un den Anzug.« Und Willi erzählt. Er berichtet von seiner Flucht. Wie er, anstatt in Berlin, kurz vor Köln aufwachte. Er gedenkt des Stromers Franz, des guten Kumpels; schildert die Todesnacht unter dem D-Zug.

Die Jungens hören atemlos zu. Sie erleben alle mit. Sie kämpfen ihn alle mit, den Kampf um das bisschen Freiheit. Wie Willi endlich in Berlin ankam, die furchtbaren Tage, die nun folgten. Dann das Zusammentreffen mit Ludwig. Die Clique verschweigt er. Wie sie auf einen grünen Zweig kamen und Geld verdienten. Bis sie ein Unbekannter bei der Polizei denunzierte. Das muss ein Saukerl gewesen sein, darüber gibt es nur eine Stimme. »Na, noch sechs Monate. Dann können sie mich alle ...«, schließt Willi seine Schilderung. Von seiner Abmachung mit Ludwig erzählt er natürlich nichts. Spitzel gibt es überall, der Blaustein zum Beispiel. Er erkundigt sich nach ihm. »Blaustein? den ham se rausgelassen. War ja Papas Liebling.« In dieser Nacht wird wenig geschlafen in Saal eins. Wach liegen die Jungen in ihren Betten und erleben Willis Abenteuer am eigenen Leib.

»Deshalb möchte ich Sie bitten, meine Herren, den Kludas möglichst ungeschoren zu lassen. Ich habe keine Lust, mir während der paar Monate, die der Junge noch hier ist, Ärger über Ärger zu bereiten. Der Bengel ist vollkommen verwildert und verroht, das sah ich ihm gestern Abend sofort an. Was wollen wir uns mit solchem Gelichter abquälen. Übrigens wird er ja auch bald vor Gericht kommen wegen des Überfalls auf Herrn Friedrich. Hoffen wir, dass er dort ein paar Monate aufgebrummt bekommt, dann sind wir ihn los. Ich werde jedenfalls dem Gericht ein entsprechendes Charakterbild geben, sodass eine Bewährungsfrist nicht in Frage kommen dürfte. Guten Morgen, meine Herren.« Der Direktor hat die Konferenz beendet.

---

¹⁴ *eische Schale*: hier: schicke, flotte Kleidung

In der ersten Zeit gelingt es Willi und Ludwig nur wenig, ungestört miteinander zu sprechen. Gleich fährt ein Erzieher dazwischen: »Was gibt es da wieder für Durchstechereien?!« Vier Wochen verstreichen in dem ewigen Einerlei. Systematisch wird jede Regung einer Individualität grausam zerstört. Hier werden keine Extrawürste gebraten, jeder hat sich der Anstaltsordnung zu unterwerfen. Warum auch diese Jungens individuell behandeln? Wenn sie herauskommen aus der Anstalt, gehen sie stempeln.

Eines Tages bekommt Willi die Anklageschrift des Jugendgerichtes zugestellt. *Körperverletzung.* Zehn Tage später wird er von zwei Erziehern dem Gericht vorgeführt. Willi ist allein angeklagt, seine Helfer haben sich nicht feststellen lassen. Herr Friedrich sagt aus über die Tat und spricht von ›gesundheitlichen Schäden, die sich zeitweilig noch jetzt bemerkbar machen‹. Der Herr Direktor malt Willis Charakterbild. Willi ist verstockt, unglaublich verroht und Gewalttätigkeiten sind sein absolutes Element. Er ist geradezu eine Gefahr für die Anstalt.

»Angeklagter, bereuen Sie denn wenigstens Ihre hässliche Tat?« fragt der Richter. »Ich muss doch die Wahrheit sagen, Herr Richter, nicht?« »Selbstverständlich!« »Herr Richter, ich bereue die Tat nicht. Herr Friedrich hat uns zu sehr gequält!« zerstört Willi sich die goldene Reuebrücke. Diese Offenheit behagt dem Direktor sehr. Er weiß jetzt, dass er den Jungen los wird. »... ich beantrage deshalb eine Gefängnisstrafe von drei Monaten. Ferner bitte ich ausdrücklich, dem Angeklagten wegen seiner offen zutage tretenden rohen Gesinnung, die voll die Schilderung des Herrn Direktors bestätigt, eine Bewährungsfrist zu verweigern«, plädiert der entrüstete Staatsanwalt.

»Der Angeklagte wird zu einer Gefängnisstrafe von zwei Monaten verurteilt. Zu einer Bewährungsfrist hat sich das Gericht nicht entschließen können, da der Angeklagte ausdrücklich auch jetzt noch die Tat gutheißt.«

Drei Wochen später muss Willi seine Strafe antreten.

Drei Wochen und zwei Tage sind es noch bis zu seinem einundzwanzigsten Geburtstag, als Willi die zwei Monate Gefängnis verbüßt hat und wieder in die Fürsorgeanstalt eingeliefert wird. In drei Wochen und zwei Tagen ist er frei! Jetzt wird es Zeit, mit Ludwig einen genauen Plan auszuhecken. Während der Nachmittags-Freizeit, sie spazieren auf dem Hof. »Ludwig, ich fahr' sofort nach Berlin, geh' zu Mutter Bauerbach und verkauf' erst mal die Schuhe, die wir noch haben. Die bringen mindestens noch fünfundzwanzig Mark. Hundertfünfzig haben wir, macht hundertfünfundsiebzig. Am nächsten Tag fahr' ich wieder her, miet' mir in der Stadt ein Fahrrad gegen Pfand und warte abends um acht auf dich. Du türmst über die Mauer und wir sausen auf dem Rad in die Stadt, geben das Rad ab und fahren mit der Bahn, wohin gerade ein Zug fährt. Nur erst 'raus aus der Gegend. Und dann fahren wir nach Berlin. Wenn ich entlassen werde, krieg ich Freifahrschein nach Berlin. Nach hier zurück und für uns beide nach Berlin wird ungefähr sechzig Mark Fahrgeld kosten. Dann haben wir noch rund hundert Mark. Macht nischt, werden es schon wieder verdienen, in Berlin. In Ordnung, Ludwig?«

Ludwig sieht seinen Kumpel an, der seinetwegen unangemeldet hausen und mit ihm, dem dann wieder Gesuchten, zusammenleben will. »In Ordnung, Willi.« Sie geben sich fest die Hand. – Einen Tag vor Willis Abreise legen sie alles genau fest. Wo Willi mit dem Fahrrad warten will, wann Ludwig über die Mauer zu jumpen hat.

Der Direktor lässt sich Willi zur Entlassung vorführen. »Hier haben Sie Ihr Geld, hundertfünfzig Mark. Hier, der Fahrschein nach Berlin. Und nun hoffe ich, dass Sie, Herr Kludas, trotz allem ein nützliches Glied der menschlichen Gesellschaft werden. Guten Tag.« »Tach.«

Ein Junitag, saftig und herrlich, begrüßt Willi. Und Willi begrüßt ihn; aber kurz und hastig ist der Gruß an die Freiheit, das Eintrinken des unvergleichlich schönen Sonnentages. Schnell, nur schnell zur Stadt, der Zug darf nicht versäumt werden. Freuen? Gewiss, Willi freut sich. Aber da drinnen steckt noch einer, der Ludwig, der will auch 'raus und sich freuen. Der muss erst in Sicherheit sein. Dann, wenn sie beide wieder in Berlin sind, ist genug Zeit, sich zu freuen. Schnell, schnell. Keine Bange, Ludwig. Wird alles prompt erledigt.

Da steht der D-Zug. Nee, jetzt brauchen wir nicht in die Holzwolle zu kriechen. Auch im Zug ist es besser als unter ihm. Los, los, Herr Lokomotivführer! Tempo, Tempo! Ludwig will Erbsensuppe bei Aschinger essen!

Berlin – Anhalter Bahnhof. Eine Riesenwelle quillt aus den brutheißen Abteilen, überschwemmt den Bahnsteig, grüßt, lässt sich begrüßen, schreit nach Gepäckträgern, schnäuzt Wiedersehensfreude ins Taschentuch und brandet lärmend in die Bahnhofsvorhalle. Noch ist das Taglicht nicht ganz verschwunden und schon blitzt der Askanische Platz im Licht elektrischer Sonnen und dem Gesprüh der Lichtreklamen. Ein Sommerabend, warm, nicht zu warm. Die Menschen haben es nicht mehr so eilig. Die Luft macht angenehm müde, Frauen und Mädchen stützen sich weich und warm in die Arme ihrer Männer.

Geht mich vorläufig alles einen Dreck an, denkt Willi. Hin zu Mutter Bauerbach, Ziethenstraße, Neukölln. Vielleicht lässt sie mich eine Nacht dort schlafen, wenn unser Zimmer nicht vermietet ist. Morgen in aller Frühe Schuhe verkaufen, dann, hopp hopp, wieder in den Zug. Abends acht Uhr wartet Ludwig.

In der Ziethenstraße hängt das Vermieteschild. »N'Abend, Frau Bauerbach.« »Sie, Herr ... Herr ...« »Kludas heiß ich richtig, Frau Bauerbach.« »Ich denke, Sie sind in der ...« »Entlassen, Frau Bauerbach, entlassen. Hier ist der Entlassungsschein. Ich bin jetzt mündig.« Frau Bauerbach ist unter den Berliner Vermieterinnen eine Kostbarkeit schier musealer Seltenheit. Jede andere hätte die Tür vor dem *Verbrecher* zugeschmettert. Frau Bauerbach fragt und fragt und weint eine kleine, nette Träne als sie erfährt, dass Ludwig noch ein Jahr in der Anstalt aushalten muss. »Kann ich diese Nacht bei Ihnen schlafen? Morgen früh bring' ich das Schuhzeug weg, und dann reise ich gleich wieder ab.« »Aber ja, Herr Kaiweit ... Herr ... Kludas, aber ja.«

Um acht Uhr morgens des nächsten Tages ist Willi bei den Händlern und bietet das Schuhzeug an. Warum er so lange nicht gekommen ist, erkundigt man sich. »Krank gewesen, Meester, krank gewesen. Zuerst kriegte ich die Masern und dann mein Kollex«, schwindelt Willi. »Aber jetzt kommen wir wieder regelmäßig. Was wollen Sie denn geben für den ganzen Brast?« »Für alles? 'n bisschen viel. Woll'n mal sehen.« »Sagen wir rund dreißig Mark«, schlägt Willi vor. Er bekommt achtundzwanzig und ist auch damit sehr zufrieden. – Wie spät ist es jetzt? Schnell noch einen Happen essen und wieder zu Mutter Bauerbach, das Gepäck holen und *adjüs* sagen. Dann das Gepäck auf dem Bahnhof deponieren und ab mit dem D-Zug. Ludwig hat sicher schon den Bibber vor Ungeduld. Glaubste vielleicht, ich schaff' es nicht? Denkste, mein Lieber, denkste! Hoffentlich klappt es mit dem Fahrradmieten in dem Nest.

Es klappt. »Wie viel Pfand wollen Sie für das Rad?« »Fünfzig Mark.« »Hier haben Sie. Geben Sie Quittung ..., so, und in drei Stunden spätestens bin ich wieder hier.« Rauf auf den Äppelkahn und ab dafür,

Richtung Ludwig. Zeit wird es, Zeit. Jetzt luchst der Ludwig sicher schon, ob die Luft rein ist. Rüber übern Zaun, Ludwig! Ich komm ja schon! Feste, feste! Die Karre läuft gut ... So, durch das Dorf, und dann muss der Zwangskasten in Sicht kommen. Feste ..., feste! Da hinten, zwischen den drei Bäumen muss ich warten. Halt, das Rad startbereit an den Baum stellen. Ausschau nach Ludwig ...

Er kommt! ... Er rennt! Er hat beide Beine in der Hand! Und rast ... und rennt! »Ludwig!« »Willi! ... Willi!!« Die hellen Tränen laufen ihm über die Backen. »Auf die Gepäckstütze, Ludwig. Fertig?« »Ja.« Ab! Ab!! Ab!!! »Willi ...« »Halts Maul, Ludwig. Ich muss treten!« Gib ihm ... gib ihm!

»Hier, Herr Chef, das Rad. Übrigens prima ...« Zum Bahnhof. Nächster Zug? Jetzt haben wir acht Uhr und ...! In sechs Minuten ein Personenzug. Zwar nach einer ganz anderen Richtung. Macht nichts. Erst mal weg von hier. Sie haben ein ganzes Abteil für sich. »Einsteigen!« »Hier, Ludwig, steck dir 'ne Zigarette ins Gesicht.« Rattatata ... rattatata ... Die Nacht müssen sie in der Stadt bleiben. In einem einfachen Gasthof essen sie, trinken ein feierliches Glas auf ihr weiteres Glück und legen sich dann bald schlafen. – Früh morgens bekommen sie einen Zug nach Berlin.

Und wieder Anhalter Bahnhof. Die Nacht verbringen sie wieder in einem kleinen Hotel und morgen wollen sie in der Gegend des Görlitzer Bahnhofs auf die Zimmersuche gehen. Als *Brüder Kludas* werden sie sich ausgeben, polizeiliche Anmeldung muss natürlich wegfallen. Schade, schade, die Mutter Bauerbach war so 'ne nette Frau ... – In der Wiener Straße finden sie etwas Geeignetes. Ein halb tauber Flickschneider, wieder in einer Kellerwohnung. Das Zimmer ist so geräumig, dass sie sich eine Ecke als Werkstatt abtrennen können. »Was soll das Zimmer kosten für uns beide?« brüllen sie dem Flickschneider ins Ohr. Der Alte ist billig. Er fordert acht Mark wöchentlich. Und mit ihrem Beruf als *Stiefelaufkäufer* ist Herr Kratochvill auch einverstanden. Sie fahren wieder zum Anhalter Bahnhof und holen Willis Koffer und das Werkzeug. Ludwig hat seine Sachen natürlich in der Anstalt lassen müssen. »Wer'n schon alles wieder anschaffen«, tröstet Willi. Den Tag verbringen sie mit der Einrichtung ihres Zimmers und der Werkstatt. Abends sitzen sie nach langer Zeit wieder zu Hause und überlegen, welche Straßen sie morgen vom alten Schuhzeug befreien wollen. – –

Kapitel 20

ÜBER UND ÜBER BEPUDERT mit dem feinen Staub der Chausseen, durstig und hungrig, übermüdet zum Umsinken schleicht gegen Mitternacht ein Junge die Häuserreihen der Linienstraße entlang, biegt in die Rückerstraße ein und verschwindet in der Klause.

Es ist Fred, der in Magdeburg mit Jonny und Franzosenfelix verhaftet wurde, vor nunmehr sieben Monaten. Das Jugendgericht in Magdeburg verurteilte Fred, der bisher nicht vorbestraft war, zu acht Monaten Gefängnis. Dann wurde er den Berliner Behörden zugeführt. Wegen eines Autodiebstahls. Vieler anderer Verbrechen verdächtigte man ihn außerdem. Aber Fred hatte in Berlin unerhörtes Glück. Die Leipziger Beamten, die Fred in Leipzig beobachtet hatten, konnten nicht mit hundertprozentiger Sicherheit sagen: das ist der Mann gewesen, der das Auto in die Garage brachte. Da Fred alles leugnete, auch Jonny *nur vom Ansehen* kennen und in einer Clique nie gewesen sein wollte, musste das Gericht mangels Beweise ein freisprechendes Urteil fällen. Danach bewilligte das Magdeburger Gericht für die Hälfte der acht Monate Gefängnis Bewährungsfrist. Vier Monate verbüßte Fred und wurde dann – inzwischen war Fürsorgeerziehung angeordnet worden – in eine Erziehungsanstalt in der Nähe Berlins gebracht.

Vom ersten Tag an sann Fred auf Flucht aus der Anstalt. Aber es dauerte zwei Monate, ehe es ihm gelang. Und jetzt, wieder in Berlin, sucht er die Clique, die Blutsbrüder. In der Rückerklause findet er niemanden. Das Lokal ist fast leer. Die Stammgäste kampieren jetzt im Freien, in den Wäldern und an den Seen rund um Berlin. Nur wenn der Magen sich meldet, sehen sie sich wieder in Berlin um, wo für ein paar Tage Lebensmittel aufzutreiben sind. Auch bei Schmidt in der Linienstraße findet Fred keinen Blutsbruder. Endlich, beim *Kellner-Max* nebenan sitzt Konrad einsam vor einer Orangeade. »Servus, Konrad ...« »Fred! ... Fred! Wo kommst du her?« Fred nimmt Konrads Glas und trinkt es in einem Zug leer. »Woher? Na, Mensch, getürmt!« »Aus 'n Kahn?« »Nee, Fürsorge. Hast du Geld, Konrad? Hab' ich ein Kohldampf ...«

Konrad besitzt ein Zweimarkstück, die Hälfte stellt er Fred zur Verfügung. Sie gehen zu Aschinger am Rosenthaler Platz. Fred verzehrt wolfshungrig eine Erbsensuppe und leert radikal den Brotkorb. Ein kleines Bier, ein paar Zigaretten, das Geld ist alle. Aber Fred ist wieder Fred. Fred, der die Clique hochgebracht hatte, jeder hatte stets eine

Handvoll Scheine in der Tasche. »Wo sind die anderen?« erkundigt er sich. Konrad hat immer nur ein Achselzucken. Heinz hat sich selbst gestellt. Walter und Hans sind vor einem Vierteljahr geschnappt worden. Georg ist von einem jungen Straßenmädchen als Zuhälter erkoren. Hat elegante Kluft und vertrinkt das Geld, das seine Liebste anschafft, in den Kneipen rund um den Bülowbogen. Und der Erwin, der geht hier am Rosenthaler Platz auf den Strich. Für eine Mark ... unten in der Bedürfnisanstalt. Den Ulli haben sie damals, am Heiligabend, in seiner Laube verhaftet. Und er selbst, der Konrad, ihm geht es auch nicht gerade *bon*. Hier mal 'ne Mark, da mal ein Taler. Von Ludwig und dem anderen, dem Willi, weiß Konrad nichts zu berichten.

Fred denkt nach. »Denn wären nur noch du und der Erwin und ich ... gut, holen wir uns 'n paar neue Jungs zu. Mit Jonny hat es ja noch Zeit. Hat achtzehn Monate in Magdeburg gekricht.« Konrad ist wieder Feuer und Flamme für Fred. Auch Erwin, den sie in der *Schnurrbartdiele* in der Gormannstraße treffen, ist sofort bereit, sich Fred wieder anzuschließen. Die warme Nacht verbringen die drei im Friedrichshain.

Am nächsten Tag geht Fred mit Konrad und Erwin arbeiten. Fred hat in den vergangenen sieben Monaten nichts verlernt. Zwei Stunden, dann ist er im Besitz dreier Geldbörsen. Zweiundvierzig Mark. Und abends zählt die Clique schon wieder sechs Mitglieder. In der Elsasser Straße bei *Raband* sitzen sie. Fred ist zum Bullen ernannt worden. Die Clique Blutsbrüder lebt wieder. Und mit den Blutsbrüdern aberhundert andere Banden und Cliquen auf der Landstraße Berlin.

Willi und Ludwig? Hausen bei ihrem Flickschneider am Görlitzer Bahnhof. Kaufen und verkaufen weiter altes Schuhzeug und haben so ein bescheidenes Auskommen. Ihre Cliquenzeit ist längst ›Schwamm drüber‹. Aber noch lastet es auf ihnen, dass sie unangemeldet wohnen müssen. Jede Minute kann die letzte gemeinsam verlebte gewesen sein. Noch über ein Jahr hängt Ludwig der Klotz, ›aus der Fürsorge geflüchtet‹, am Bein. Und so lange kann jede Minute wieder das Unglück über sie hereinbrechen, kann Polizei kommen und Ludwig abholen.

Zwei, die alle Höllen und Vorhöllen über sich ergehen ließen, um der Fürsorgeerziehung zu entgehen. Diese Erziehung, die vor Verwahrlosung schützen will. Der milchzähnige Junge neben dem ausgekochten Cliquenburschen. Die fünfzehnjährige *virgo intacta*[15] – sie stahl einige

---

[15] *virgo intacta (lat.):* ›echte‹ Jungfrau

Seidenbändchen, etwas Glasschmuck oder etliche Schokoladenplätzchen in Warenhäusern – neben der jugendlichen Prostituierten, die bereits die erste Wismut- und Salvarsan-Kur hinter sich hat ...

Die Gifte, die das wahllose Zusammenpferchen zeitigen, zeitigen müssen, machen sich bald bemerkbar. Der Junge hat von den Anstaltskameraden gelernt, dass man als milchzähniger, blonder Junge, mit heller weicher Haut, nicht unbedingt vom Stehlen und Einbrechen leben muss, wenn man aus der Anstalt türmt. In der Friedrichstraßenpassage oder im Tiergarten kann man auch verdienen. Sogar in der Anstalt selbst kann sich so ein Junge manche Annehmlichkeit verschaffen. Nachts, im Schlafsaal. Die großen Zwanzigjährigen liegen in ihren Betten und können nicht schlafen, erhitzen und zerquälen ihre Phantasie an Traumbildern des anderen Geschlechts.

Willi und Ludwig brauchen einander, sie hängen zusammen wie Kletten. Ludwig stünde ohne Willi wieder vor dem Abgleiten. Und auch Willi weiß, dass er seinen Kumpel braucht.

Berlin, dieses endlose, unbarmherzige Berlin kann man nicht allein bewältigen, um ihm das tägliche Minimum abzuringen. Sie haben es in unzähligen Nächten gespürt, was es heißt: allein, allein durch die schlafenden Straßen zu tippeln. Zu tippeln ..., zu tippeln. Mechanisch ein Bein vor das andere zu setzen ..., ein ... Bein ... vor ... das ... andere ... Bis der ausgepowerte Mechanismus versagen will und man sich in einen Hausflur kauert. Nicht lange. Dann patrouilliert Polizei vorbei. Tippt: »Sie da! Hier dürfen Sie nich schlafen. Ham Sie keine Wohnung?« »Wie ...? Keine Wohnung? Aber gewiss ..., gewiss ..., bloß mal eingenickt. Geh schon, Herr Wachtmeister, geh schon ...«

Zu zweien ist das alles ganz anders. Da ist eine Nacht nur halb so lang, halb so kalt, beißt der Kohldampf nur halb so schlimm. Einer stößt den anderen in die Rippen: »Na, Mensch, was is? Man los! Zweimal vom Schlesischen Bahnhof zum Bahnhof Charlottenburg: schon ist die Nacht um!«

Jetzt könnten Willi und Ludwig ja lachen. Aber das dumpfe Gefühl, dass wieder so ein Herrmann Plettner die Polizei auf sie hetzen könnte, lässt sie nie ganz froh werden. Die Zeit bis zu Ludwigs einundzwanzigstem Geburtstag wird sie noch manche unruhige Minute kosten. Willi und Ludwig, zwei aus dem Elendsheer der Großstadtvagabunden, die, schon im Untergehen begriffen, nicht untergegangen sind. Zwei von Tausenden auf der Landstraße Berlin. – –

— Ende —